PATRICK MODIANO

DIE TÄNZERIN

Roman

Aus dem Französischen
von Elisabeth Edl

Hanser

Die französische Originalausgabe erschien 2023
unter dem Titel *La Danseuse* bei Gallimard in Paris.

1. Auflage 2025

ISBN 978-3-446-28146-2
© Éditions Gallimard, Paris, 2023
Alle Rechte der deutschen Ausgabe
© 2025 Carl Hanser Verlag GmbH & Co. KG, München
Wir behalten uns auch eine Nutzung des Werks für Zwecke
des Text- und Data Mining nach § 44b UrhG ausdrücklich vor.
Umschlag: Designbüro Lübbeke Naumann Thoben, Köln
Motiv: »Tuesday, November 24« – photo by Antonio Palmerini
Satz im Verlag
Druck und Bindung: GGP Media GmbH, Pößneck
Printed in Germany

DIE TÄNZERIN

BRÜNETT? NEIN. EHER dunkles Kastanienbraun mit schwarzen Augen. Sie ist die Einzige, von der man noch Fotos finden könnte. Bei den andern, ausgenommen der kleine Pierre, sind die Gesichter mit der Zeit verblasst. Übrigens war das eine Zeit, in der man viel weniger fotografiert hat als heute.

Und dennoch, gewisse Details bleiben ganz gegenwärtig. Man müsste eine Liste anlegen. Sehr schwierig wäre freilich, sich an die chronologische Reihenfolge zu halten. Die Zeit hat nicht nur die Gesichter verwischt, sondern auch die Orientierungspunkte. Übrig sind ein paar Puzzlesteine, für immer auseinandergerissen.

An einem November- oder Dezemberabend hatte ich ein Kind namens Pierre abgeholt, aus einem Wohnhaus im Nordwesten von Paris, ich sollte es heimbegleiten. Den Straßennamen habe ich vergessen. Ein wuchtiges Eingangstor und einer jener Fahrstühle mit Glastür, so langsam und leise, dass man sich fragt, ob er nicht steckenbleibt zwischen zwei Etagen. In einem großen Raum, wahrscheinlich das Wohnzimmer, waren etwa zehn Kinder versammelt. Auf einem niedrigen Tisch die Reste von einem Geburtstagsimbiss. Die elegante Frau, die mir geöffnet hatte, führte mich nach hinten in den Raum, wo Pierre Karten spielte, mit einem kleinen Blonden, den die Frau »Ronnie« nannte.

»Dein Freund muss gehen, Ronnie ... Sag ihm auf Wiedersehen, Ronnie ...«

Und dann standen wir beide auf dem Treppenabsatz.

Draußen war es dunkel. Ich hatte ihn an der Hand genommen. Ja, alle Kinder in der Wohnung waren seine Klassenkameraden aus der Privatschule Dieterlen, im selben Viertel, wo ich ihn manchmal abholte, am späten Nachmittag. Ronnie, der kleine Blonde, der mit ihm Karten spielte und dessen Geburtstag gefeiert wurde, war sein bester Freund. Bald kamen die Weihnachtsferien, und er hoffte, jemand würde ihn dann zusammen mit Ronnie ins Kino ausführen.

So prägt sich ein Augenblick der Vergangenheit ins Gedächtnis, wie der Lichtstrahl von einem Stern, den man längst erloschen glaubt. Pierre. Geburtstagsimbiss. Ronnie. Natürlich würde er ins Kino gehen während der Weihnachtsferien. Ich nahm mir sogar vor, ihn selbst hinzuführen, hätte seine Mutter keine Zeit. Als wir an jenem Abend nebeneinander hermarschierten, schwiegen wir meistens, doch unser Weg war viel kürzer als der, den wir manchmal nachmittags zurücklegten, von der Dieterlen-Schule.

Wir waren durch den Gitterzaun der großen backsteinernen Häuserblocks an der Porte de Champerret getreten. Wir stiegen die Zementtreppe hoch bis in den zweiten Stock. Hovine öffnete die Tür, als habe er uns erwartet. Die Wohnung war ganz anders als die, wo wir herkamen. Vier Räume entlang eines Flurs. Links vom Eingang die Küche mit einer Dusche. Die Fenster gingen auf den Hof.

»Die Tänzerin kommt heute Abend nicht nach Hause«, sagte Hovine. »Sie probt *Le Train des Roses* ...«

Die Tänzerin, das war Pierres Mutter. Wir gaben ihr diesen Spitznamen. Und *Der Rosenzug*: ein Ballett, in dem sie oft mitgewirkt hatte.

Pierre hatte sich in den ledernen Fauteuil gesetzt und las ein illustriertes Heftchen.

»Ich geh noch was einkaufen, fürs Abendessen«, sagte Hovine.

Zeigte mir heute jemand zwei anthropometrische Fotos seines Gesichts – von vorn und im Profil –, würde ich ihn noch erkennen?

Er war von mittlerer Größe. Lockiges schwarzes Haar. Helle Augen. Soviel ich verstanden hatte, kannten die Tänzerin und er sich seit ihrer Kindheit.

Wir befanden uns im ersten Raum gleich nach der Küche, er diente als Wohnzimmer, hier kamen hin und wieder die Freunde der Tänzerin zusammen, auf dem großen Diwan und dem ledernen Fauteuil, in dem Pierre an jenem Abend saß. Der nächste Raum, der auf den Flur ging, war das Schlafzimmer der Tänzerin, und ihr Sohn Pierre bewohnte das Zimmer ganz hinten.

Ich habe jedoch keine genaue Erinnerung an die Farbe der Wände. Ich glaube, sie waren ziemlich dunkel, und heute ist mir, als hätte ich diese Wohnung nie bei Tageslicht gesehen. Ein trübes Licht, als wären die Glühbirnen in den Lampen und im Kronleuchter des Wohnzimmers nicht stark genug.

Hovine ist in seinen üblichen Mantel mit Fischgrätmuster geschlüpft. Die Tür fiel hinter ihm ins Schloss. Bestimmt waren die Wände recht dünn, denn immer hörte man Schritte und laute Stimmen vom Treppenhaus.

Pierre las noch in dem Heftchen auf seinem Schoß. Ich ging den Flur entlang und betrat das Zimmer der Tänzerin. Wann würde sie heimkommen? Wahrscheinlich spätnachts. Wenn Hovine nach dem Abendessen wegmusste, würde ich auf Pierre achtgeben und ihn dann vielleicht am nächsten Morgen zur Dieterlen-Schule bringen. Unnötig, in diesem Zimmer die Lampe anzuknipsen. Es war hell genug durch das Licht aus den Fenstern des gegenüberliegenden Wohnhauses. Auf diese Fenster blickte ich oft, und mit der Zeit erkannte ich die Silhouetten hinter den Glasscheiben.

Zurück im Wohnzimmer sah ich, dass Pierres Heftchen auf den Boden gefallen war. Er schlief, den Kopf auf der Armlehne des Fauteuils.

SO KAMEN MIR schon seit ein paar Tagen bruchstückhaft Bilder aus einer sehr fernen Zeit meines Lebens ins Gedächtnis. Bisher lagen sie tief unter einer Eisschicht. Dennoch hatte ich zuweilen das unbestimmte Gefühl, so könne es nicht weitergehen. Es war unvermeidlich, eines Tages musste das Eis schmelzen, und dann tauchten diese Bilder auf, von neuem, so, wie Ertrunkene wieder an die Oberfläche der Seine steigen. Und warum geschah das heute in einer Stadt, die sich so sehr verändert hatte, dass sie keinerlei Erinnerungen mehr in mir wachrief? Eine fremde Stadt. Sie glich einem großen Vergnügungspark oder dem Duty-free-Bereich eines Flughafens. Mehr Menschen auf den Straßen, als ich je zuvor gesehen hatte. Die Leute trotteten in Zehnergruppen, zogen Rollkoffer hinter sich her, und die meisten trugen Rucksäcke. Woher kamen diese Hunderttausende von Touristen, bei denen man sich fragte, ob inzwischen nicht sie allein die Pariser Straßen bevölkerten? Ich wartete an der roten Ampel, um den Boulevard Raspail zu überqueren, und ein Mann stand auf dem Trottoir gegenüber. Augenblicklich erkannte ich Verzini. Und ich spürte ein jähes Unbehagen, denn ich sah mich jemandem gegenüber, den ich seit langem tot glaubte.

Vielleicht war es ein böser Traum. Oder ein Irrtum meinerseits. Doch ich erkannte den immer noch dichten Haarschopf, nicht mehr schwarz, sondern schneeweiß, und das Gesicht mit den groben Zügen.

Ich wartete, bis er den Boulevard überquerte. Als er auf meiner Höhe war, das Trottoir erreichte, drehte ich mich zu ihm.

»Sie sind doch Serge Verzini?«

Er warf einen Blick auf mich, den gleichen Blick wie einst, durchdringend und zugleich hart.

»Nein. Sie irren.«

Immer noch diese Bassstimme, die ein bisschen heiser wirkte.

Er rührte sich nicht, starrte mich nur an.

»Wirklich? Wir kennen uns?«

Ich zögerte mit der Antwort. Ich musste ihm Namen nennen und ein genaues Jahr. Doch in meinem Kopf schwirrte alles durcheinander. Am liebsten hätte ich ihn einfach stehenlassen, aber schließlich sagte ich:

»Ja, wir haben uns in grauer Vorzeit gekannt.«

Er hatte die Stirn gerunzelt, und sein Blick verhärtete sich.

»Was soll das heißen: in grauer Vorzeit?«

Plötzlich war er in Abwehrstellung.

»Verzeihung ... ich glaubte, Sie wären Serge Verzini.«

Ich hatte einen gleichgültigen Ton angeschlagen und sogar die Schultern gezuckt.

Er schien ein paar Sekunden zu überlegen. Sagte dann:

»Sollen wir ein Glas trinken gehen, da drüben?«

Und er deutete auf das Café an der Ecke Boulevard und Rue du Cherche-Midi.

*

Wir saßen an einem Tisch, einander gegenüber, allein im Gastraum, was mich wunderte. Seit einiger Zeit waren die Pariser Cafés und Restaurants überfüllt. Vor den meisten standen sogar Warteschlangen.

Zwischen uns herrschte Stille. Er wirkte verlegen. Wahrscheinlich musste ich als Erster reden.

»Haben Sie immer noch die Boîte à Magie?«

Dieser *Zauberkasten* war ein Restaurant, in dem jeden Samstag ein »Diner mit Unterhaltung« stattfand. Merkwürdige Nummern folgten aufeinander, in schnellem Rhythmus gespielt von nicht weniger merkwürdigen Darstellern. Aber wir kamen eher während der Woche und waren dann unter uns. Dieses Lokal lag in einer kleinen Straße, nicht weit von der Porte de Champerret, wo die Tänzerin und Pierre wohnten. Aber das alles gehörte zu einer so fernen Vergangenheit ...

Er hatte ein Lächeln angedeutet. Und sein Blick war milder geworden. Ich glaube sogar, er betrachtete mich jetzt mit einem gewissen Mitgefühl.

»Boîte à Magie? Nein, das sagt mir gar nichts. Aber ich kannte in grauer Vorzeit, wie Sie sich ausdrücken, einen gewissen

Serge Verzini. Vielleicht sind Sie mir einmal zusammen mit ihm begegnet, und Sie verwechseln uns beide.«

Wir bekamen unsere Grenadines serviert. Er nahm einen großen Schluck und stellte das Glas langsam zurück auf den Tisch.

»Ich erinnere mich kaum noch an diesen Serge Verzini. Bloß an seinen Namen.«

Ich beobachtete sein Gesicht. Es kam mir weniger brutal vor als in jener Zeit, da ich ihn gekannt hatte. Die Wangen waren jetzt hohler, die Nase schmaler, die Augen wirkten kleiner und tiefliegender, die Stirn höher unterm weißen Haar.

»Verzeihung«, sagte er, »aber ich erinnere mich überhaupt nicht an Sie.«

»Dann erinnern Sie sich vielleicht an eine Frau, die wir die Tänzerin nannten, und an ihren Sohn, den kleinen Pierre?«

»Kein bisschen.«

Ich hatte den Eindruck, dass er meinen Fragen auswich. Ich wollte ihm weitere Namen nennen und ihn in die Enge treiben, doch es war nahezu ein halbes Jahrhundert vergangen, und das genügte, dass einer alles vergessen hatte. Und sogar, dass er ein andrer geworden war in einer Stadt, wo du deine alten Spuren nicht mehr wiederfinden konntest.

Hinter der Glasfront sah ich die seit einigen Monaten üblichen Touristengruppen vorbeitraben, mit Rucksack und ihre Rollkoffer ziehend. Die meisten trugen Shorts, T-Shirts und Schirmkappen. Keiner von ihnen betrat das Café, in dem wir saßen, als gehöre es noch zu einer andern Zeit, die es schützte vor dieser Horde. Von beiden Seiten des Boulevards strömten sie alle dichtgedrängt in Richtung Sèvres-Babylone.

Er hatte die linke Hand flach auf den Tisch gelegt, und ich entdeckte an seinem Zeigefinger einen Siegelring, in dessen Platte die Initialen SV eingraviert waren, genau so einen trug Serge Verzini, als ich ihn gekannt hatte.

Schließlich sagte ich, auf den Siegelring deutend:

»Immer noch dieselben Initialen?«

»Ihnen kann man wohl nichts verheimlichen.«

Er zuckte die Schultern. Dann zog er aus der Innentasche seiner Jacke einen kleinen ledernen Terminkalender und riss ein Blatt heraus. Darauf schrieb er etwas mit dem Drehbleistift des Kalenders.

»Falls Sie mich wiedersehen wollen, ich gebe Ihnen meine Adresse, meine Handynummer und auch die Festnetznummer.«

Er reichte mir das Blatt, darauf stand:

06.580.015.283
Festnetz: Opéra 81.60
9, Rue Godot-de-Mauroy (9. Arr.)

»Rufen Sie lieber auf dem Festnetz an.«

Draußen wurden wir herumgeschubst von dem Touristenstrom. Sie bewegten sich in festen Gruppen und versperrten einem den Weg.

»Vielleicht können wir unser Gespräch ja irgendwann fortsetzen«, sagte er. »Das alles liegt so weit zurück ... Aber ich will trotzdem versuchen, mich zu erinnern ...«

Er hatte noch Zeit, mir zu winken, dann wurde er fortgerissen und verlor sich in dieser kopflos flüchtenden Armee, die den Boulevard verstopfte.

MANCHMAL FINDET MAN in Träumen das Licht jener Zeit wieder, genau so, wie es war, in manchen, ganz bestimmten Augenblicken des Tages.

Die Tänzerin erreichte morgens um sieben Uhr fünfundvierzig die Gare du Nord. Dann fuhr sie mit der Metro bis zur Place de Clichy. Das Gebäude des Studio Wacker war verlottert. Im Erdgeschoss standen etwa zehn alte Klaviere, durcheinander wie in einem Lagerschuppen. In den oberen Stockwerken gab es eine Art Kantine mit Bar und die Ballettraume. Sie nahm Unterricht bei Boris Kniaseff, einem Russen, der als einer der besten Lehrer galt … Ein ganz eigener Geruch nach altem Holz, Lavendel und Schweiß. Sie hatte Umgang mit Tänzern aller Art: Tänzer von der Oper oder vom Varieté, Jean-Pierre Bonnefous, Marpessa Dawn … andere, deren Namen ich vergessen habe.

Wenn der Unterricht am Nachmittag stattfand, kam sie abends gegen sieben raus. Warum verbinde ich das Studio Wacker mit den Herbstmonaten und dem Winteranfang, früh am Morgen, wenn es noch dunkel ist, und spätnachmittags, wenn die Nacht schon wieder hereinbricht?

Um diese Uhrzeit hatte man das Gefühl, man könnte sich auflösen in der Stadt. Man lief dahin und war nur ein Staubkorn unter anderen Staubkörnern auf den Straßen. Bald musste sie abends nicht mehr den Zug an der Gare du Nord nehmen, um zurückzufahren in eine ferne Vorstadt. Das Zimmer, das sie in der Rue Coustou mietete, lag ziemlich nah beim Studio Wacker. Sie brauchte nur an der Fassade des Lycée Jules-Ferry vorbeizugehen und dann weiter den Boulevard entlang bis zur Place Blanche. Selbst im frühen Winter hatte die Luft noch etwas Mildes. Und wenn es kalt war, leuchteten die Lichter am Boulevard noch kräftiger und freundlicher. Auf der breiten Fläche wurden kurz vor Weihnachten Jahrmarktsbuden aufgestellt. Und die Ballettausdrücke, die mir wieder einfallen, ohne dass ich heute ihre genaue Bedeutung wüsste. Diagonale. Variation. Déboulé. Barre à Terre oder Barre au Sol. Manchmal sage ich sie noch leise vor mich hin. Du musst auch lernen, »den Ellbogen zu brechen«, damit ein Eindruck von Zartheit entsteht. Ja, den Ellbogen brechen. Der Tanz, sagte Kniaseff, ist eine Disziplin, und sie hilft dir zu überleben. Eines Abends saß er mit ihr an der Bar im Studio Wacker, im Halbdunkel. Sie waren allein, denn der Unterricht war längst zu Ende. Er erklärte ihr, diese Disziplin gebe dem Leben wirklich einen Sinn und verhindere, dass man abdriftet. Er selbst ... Sie war überrascht, dass er so persönlich wurde, denn normalerweise war er sehr zurückhaltend und wahrte eine Art militärische Steifheit. Weißt du, warum die Russen in dieser Disziplin mehr geglänzt haben als andere? Weil viele von ihnen ankämpfen mussten gegen ihr inneres Chaos, ihren Hang zu Gewalt und gegen den Trübsinn, der sie von Zeit zu Zeit überfiel. Und er lachte laut, denn sie lauschte mit offenem Mund. »Du bist meine Lieblingsschülerin, und du darfst keine Angst haben, dass du leidest oder in den Ballettschuhen blutest. Verstehst du?« Zum ersten Mal sprach er wirklich mit ihr. Im Unterricht hatte sie so wenig Selbstvertrauen, nie hätte sie sich vorstellen können, er schenke ihr besondere Aufmerksamkeit. Sicher, oft war sie mit älteren und abgehärteteren Tänzerinnen und Tänzern zusammen. Und an jenem Abend hatte er gesagt, sie sei seine »Lieblingsschülerin«. Und er hatte sogar hinzugefügt, in Anspielung auf eine seiner ehemaligen Schülerinnen: »Wenn du so weitermachst, wirst du so gut wie Chauviré ...«

Sie hatten sich am Ausgang des Studio Wacker voneinander verabschiedet, und sie war reglos stehengeblieben, hatte ihm nachgeschaut, bis er am Boulevard des Batignolles verschwand, in seiner alten Lammfelljacke, die Baskenmütze heruntergezogen bis auf die Augenbrauen. Wenn sie ihn so gehen sah, von hinten, wirkte Kniaseff derart leicht, als berührten seine Füße kaum den Boden. Genau das ist Tanzen, sagte er immer wieder zu seinen Schülern. So viel Arbeit, um die Illusion zu erwecken, man schwebe mühelos ein paar Meter überm Boden ... Sie ging unter den Bäumen der breiten Fläche und spürte eine leidenschaftliche Erregung. Sie wiederholte sich die Worte, die er gesagt hatte: »Du bist meine Lieblingsschülerin.« Als sie hochgestiegen war in ihr Zimmer, hatte sie die Treppenstufen nicht einmal bemerkt.

ICH HABE NIE wirklich erfahren, bei welcher Gelegenheit sie Hovine kennengelernt hatte. Mir sagte sie, er sei ein Kindheitsfreund, aus der Zeit, als sie noch in Saint-Leu-la-Forêt lebte. Hovine bin ich zum ersten Mal an jenem Abend begegnet, als wir zu dritt den kleinen Pierre abholten, von der Gare d'Austerlitz.

Bis dahin wusste ich nicht, dass sie einen Sohn hatte. Wir waren fast eine halbe Stunde zu früh. Pierre reiste allein, und sie fürchtete, er könnte verlorengehen. Wir setzten uns auf eine Bank in der Bahnhofshalle, möglichst nah an dem Gleis, wo der Zug ankommen sollte.

Sie hat mir, ihren Sohn betreffend, nicht viel erklärt. Pierre war sieben, und sie hatte ihn Verwandten anvertraut. Kein Wort über den Vater. Hovine wusste bestimmt mehr.

Als der Zug einfuhr, stellten wir uns an den Kopf des Bahnsteigs. Sie starrte unruhig auf den Strom der Reisenden, ohne Pierre zwischen den dichtgedrängten Leuten zu entdecken. Nach einer Weile versiegte der Strom, und es waren nur noch ein paar vereinzelte Menschen übrig. Wir gingen den Bahnsteig hinunter. Hovine hat ihn dann gesehen, er kletterte aus einem der letzten Wagen, als hätte er zuvor Angst gehabt, sich in der Menge zu verirren.

Ihr Sohn schien sie einzuschüchtern. Auch er empfand ihr

gegenüber ganz offensichtlich eine gewisse Scheu. Sie standen voreinander, als nähme sich ein jeder in Acht, bevor sie sich dann hinunterbeugte und ihn mit ungeschickter Geste umarmte. Ich fragte mich, wie lange sie ihn nicht gesehen hatte. Von ihr habe ich nie irgendeine Antwort bekommen. Bei ihr blieb meistens alles im Ungewissen. Auf dem Revers von Pierres Mantel entdeckte ich ein Schildchen, jemand hatte einfach nur seinen Vornamen draufgeschrieben, wie man es im Krieg bei Kindern machte, die mit Zügen evakuiert wurden. Hovine trug seinen Koffer, ein kleiner Blechkoffer. An der Taxistation war nicht viel los. Sie setzte sich mit Hovine und Pierre auf die Rückbank, und ich nahm vorne Platz.

Pierre schaute durchs Fenster auf die Szenerie. Kannte er Paris? War es sein erster Besuch, dann würde er diese Fahrt durch die Stadt sicher im Gedächtnis bewahren. Aber würde er sich auch an die Personen erinnern, die ihn begleiteten? Wir erreichten die Place de la Concorde, und ich drehte mich zu ihm. Offenbar beeindruckten ihn all diese funkelnden Straßenlaternen. Auch sie blieb stumm. Die Trennung musste lang gewesen sein, denn sie wusste nicht, was sie ihm sagen sollte.

Das Taxi hielt vor den Häuserblocks an der Place de la Porte-de-Champerret. Sie wohnte erst seit kurzem hier, und darum hatte sie Pierre jetzt nach Paris geholt.

»Ich hoffe, dein Zimmer gefällt dir.«

Er gab keine Antwort. Er hob den Kopf und musterte die Hausfassaden.

ES WAR DIE unsicherste Zeit in meinem Leben. Ich war nichts. Tagein, tagaus hatte ich das Gefühl, durch die Straßen zu schweben und mich von diesen Trottoirs und diesen Lichtern so wenig zu unterscheiden, dass ich unsichtbar wurde. Und doch hatte ich das Beispiel von jemandem, der eine schwierige Kunst ausübte, eine »sehr, sehr schwierige«, wie Kniaseff mit seinem ganz leichten russischen Akzent immer wieder sagte, so leicht, dass er mir vorkam wie ein englischer oder ein Wiener Akzent. Und ich glaube wirklich, mich hat das Beispiel der Tänzerin, ohne dass es mir deutlich bewusst war, dazu gebracht, mein Verhalten langsam zu ändern und diese Unsicherheit und dieses Nichts in mir schließlich abzuschütteln.

Kurz bevor ich sie kennenlernte, wollte ich ein Zimmer mieten, und ich erinnere mich, dass ich eine Makleragentur an der Place de la Madeleine aufsuchte, deren Firmenschild mir ins Auge gefallen war. Es war abends um halb acht, und der Mann, der mir die Tür öffnete, sagte, es sei jetzt zu spät für Kundenbesuche.

Dennoch führte er mich durch leere Räume bis in sein Büro. Er fragte, wie viel ich ausgeben wollte für die Miete. Dreihundert Franc. »Das ist nicht viel«, sagte er und lutschte nachdenklich am Ende seines Kugelschreibers. Angesichts seiner Interesselosigkeit wollte ich mich schon verabschieden, da meinte er: »Vielleicht habe ich was für Sie.« Und er sprach von einem Mann, der hier im Viertel Zimmer vermiete. »Ich gebe Ihnen seine Telefonnummer. Bestellen Sie ihm Grüße von mir.«

Ich habe diesen Serge Verzini angerufen, und wir verabredeten uns vor einem Haus in einer der Straßen rund um die Madeleine. Es war ein winziges Mansardenzimmer, ganz am Ende eines langen Flurs, wo sich eine Tür an die andere reihte, und jede trug eine Nummer auf einem kleinen Emailleschild. Meine hatte die Nummer 23. Dann schleppte er mich zu einer Bar in der Rue Godot-de-Mauroy, um »den Vertrag zu unterschreiben«, eine Bar mit heller Holztäfelung, deren Wirt er war. Ich hatte mich gefragt, welchen Beruf er wohl ausübte, als er mir das Zimmer zeigte. Aber jetzt, als wir einander gegenübersaßen, auf den Ledersesseln, dachte ich, sein nach hinten gekämmtes schwarzes Haar, die ziemlich brutalen Gesichtszüge und die Eleganz seiner Kleidung passten zur Umgebung, in der wir uns befanden.

Er erklärte mir, ihm gehörten alle Zimmer auf dem Flur, und in diesen Zimmern hätten einstmals die Dienstboten des Hauses gewohnt. Aber Dienstboten gab es schon lang keine mehr.

»Sind Sie Student?«, fragte er.

»Nein. Ich schreibe Chansontexte.«

Er habe eine Zeitlang ein Cabaret geleitet, in dem Künstler Gesangsnummern vortrugen. Heute sei er Eigentümer eines bescheideneren Lokals im 17. Arrondissement, La Boîte à Magie. Dort gebe es jeden Samstagabend ein »Diner mit Unterhaltung«. Doch an den andern Tagen kämen eine klassische Balletttänzerin und ihr Freundeskreis.

»Sie sollten mal vorbeischauen. Da treffen Sie bestimmt Kollegen.«

Warum war er so freundlich zu mir? Vielleicht mochte er junge Leute ... Kein einziger Gast an jenem Nachmittag. Wenig Betrieb um diese Uhrzeit? Es sei denn, niemand besuchte dieses Lokal, und er, Serge Verzini, saß den ganzen Tag allein in seinem Ledersessel.

»Wenn Sie irgendein Problem haben mit Ihrem Zimmer, rufen Sie mich an.«

Er hatte mir keinen Mietvertrag zum Unterschreiben vorgelegt. Er gab mir nur seine Adresse, oder vielmehr die Adresse der Bar, so konnte ich ihm jeden Monatsanfang einen Scheck über dreihundert Franc schicken.

EINIGE ZEIT SPÄTER begegnete ich ihm eines Abends gegen neun, als ich das Haus verließ, in dem sich mein Zimmer befand, Rue Chauveau-Lagarde.

»Na, sind Sie zufrieden mit Ihrem Zimmer?«

Ich traute mich nicht, ihm zu sagen, dass der Heizkörper kaputt war. Und langsam wurde es Winter.

»Sind Sie frei heute Abend? Ich nehm Sie mit in die Boîte à Magie.«

Ich suchte nach einer Ausrede, um mich zu verdrücken. Doch ohne nach meiner Meinung zu fragen, öffnete er die rechte Tür seines Autos und deutete, ich solle einsteigen. Er schwieg während der ganzen Fahrt, die mir sehr lang vorkam. Endlich bog er in eine schmale Gasse, kurz vor dem Boulevard Pereire.

»So ... Wir sind gleich da ...«

Ein Gastraum, schwach erleuchtet von kleinen Lampen auf den Tischen. Am Eingang eine Theke. Ganz hinten ein Podium, das als Bühne dienen konnte. Sessel an der Wand, gleich neben der Theke. Er zog mich zu einem Restauranttisch, an dem zwei junge Leute saßen.

Er deutete, ich solle mich an den Tisch setzen, und nahm ebenfalls Platz, neben mir. Er schien die zwei Personen sehr gut zu kennen.

»Ein Freund, arbeitet im Chansongewerbe«, sagte er zu dem Mädchen, als er mich vorstellte.

»Ach ja? Im Chansongewerbe?«

Und ich glaube, sie betrachtete mich mit einem ironischen Lächeln.

»Sie ist eine sehr große Tänzerin, müssen Sie wissen«, sagte Verzini zu mir.

Dann stand er auf, ließ mich allein mit ihnen und ging zu zwei Männern, die in den Sesseln neben der Theke saßen. Ich habe nur eine unzusammenhängende Erinnerung an diese Stunden, als wären sie in einem abgehackten und immer schnelleren Rhythmus verlaufen. Wer saß am Tisch der Tänzerin an jenem Abend? Hovine konnte es nicht sein, ihm bin ich erst später begegnet, auch nicht Jean-Pierre Bonnefous, der mit ihr zusammen Unterricht nahm, bei Kniaseff, im Studio Wacker. Wir verlassen das Restaurant, und dieser Mann in ihrer Begleitung, dessen Gesicht für immer ausgelöscht ist, verabschiedet sich draußen auf dem Trottoir. Ich bin allein mit ihr. Sie sagt, sie wolle noch ein Stück laufen und ihre Wohnung sei nicht weit von hier. Ich biete an, sie zu begleiten.

Wir gehen den Boulevard Pereire entlang, dann die Avenue de Villiers. Die Luft ist mild, fast sommerlich, und doch scheint mir, es war im November. Und ich bin überzeugt, die Bäume hatten noch ihre Blätter.

SOLCHE SPAZIERGÄNGE HAT es oft gegeben. Wenn sie aus dem Studio Wacker komme, habe sie das Bedürfnis zu gehen, sagte sie mir. Ich wartete, bis der Unterricht zu Ende war, saß ganz hinten im Studio, um niemanden zu stören, in einer Fensternische mit Blick auf die Rue de Douai.

Sie hatte mich Kniaseff als »Chansontexter« vorgestellt, und er hatte misstrauisch gefragt: »Warum? Wollen Sie, dass sie singt?« Dann hatte er sich an meine Anwesenheit gewöhnt. Abends kehrten wir zu Fuß vom Studio Wacker zurück in die Wohnung an der Porte de Champerret. Manchmal verließ Kniaseff das Studio zur selben Zeit wie wir und nahm denselben Weg, über den Boulevard des Batignolles. Keiner sagte etwas. Wir trennten uns an der Kreuzung Avenue de Villiers, und ich hatte den Eindruck, er würde noch lange so weitergehen, aufs Geratewohl.

»Wohnen Sie hier in der Nähe?«, hatte ich ihn gefragt.

»O nein! sehr weit … sehr weit von hier«, hatte er mit trauriger Stimme erwidert.

Wir hatten ein schlechtes Gewissen, ihn einfach alleinzulassen.

LETZTE NACHT HABE ich versucht, eine Liste der Personen zu erstellen, die eine kleine Gruppe um sie bildeten. Zunächst ein paar Tänzerinnen und Tänzer aus dem Studio Wacker, deren Namen mir in Erinnerung geblieben sind: Jean-Pierre Bonnefous, Félix Blaska, Marpessa Dawn, Lebercher, Jeannette Lauret, Michel Panaieff, Nicole Jade ...

Wir trafen sie in der Studio-Kantine und nach dem Unterricht im Bastos, am Boulevard, nicht weit vom Gaumont Palace.

Sie kamen manchmal in die Wohnung an der Porte de Champerret. Und dann die andern, die öfter in der Wohnung waren. Hovine natürlich, aber auch Youra, von dem ich nur noch den Vornamen weiß. Er machte Fotos von Ballettaufführungen und schrieb Texte dazu für Programmhefte und eine Fachzeitschrift. Er war oft in Begleitung eines gewissen Lionel Roc, Absolvent der Ballettschule am Théâtre du Châtelet und Impresario. Ein großer athletischer Brünetter, Tiouls, gehörte zur Truppe des Cirque d'Hiver. Und Peggy Sage. Sie arbeitete in einem Schönheitssalon und war früher Tänzerin gewesen. Dazu noch ein paar Gesichter und Gestalten, an deren Namen ich mich nicht mehr erinnern kann.

Und was hatte Serge Verzini damit zu tun? Hovine hatte mir eines Tages, als ich allein mit ihm war, andeutungsweise erzählt, die Tänzerin und er kannten Verzini, weil dieser mit dem Vater des kleinen Pierre befreundet gewesen sei. Das alles habe sich vor langer Zeit zugetragen, in Saint-Leu-la-Forêt. Und weil er spürte, dass ich gern mehr wissen wollte, hatte er nur die Schultern gezuckt und geschwiegen. Ich ebenso. Es war nicht meine Art, hartnäckig nachzufragen. Irgendwann würde sich die Tänzerin mir schon anvertrauen, während unserer langen Spaziergänge.

Mir war bei den Gästen der Boîte à Magie eine merkwürdige Besonderheit aufgefallen. Es gab die Gruppe um die Tänzerin, von der ich eben ein paar Namen genannt habe. Und dann, sobald Verzini da war, bildeten einige Individuen um ihn herum eine andere »Gruppe«, die nichts zu tun hatte mit den Leuten um die Tänzerin und deren Mitglieder sich leise unterhielten, als sollten ihre Gespräche von niemandem gehört werden. Die Boîte à Magie war offenbar ihr Treffpunkt. Männer, die meisten hatten Verzinis Alter und dieselbe leicht suspekte Eleganz in der Kleidung. Hin und wieder zwei, drei Frauen in Pelzmänteln. Und dann noch so eine Art Stimmungskanone, eher angsteinflößend, ging von Tisch zu Tisch, mit lauter Stimme, sehr harten Gesichtszügen und kurzem Haar. Er war wohl Verzinis Geschäftspartner und Organisator der »Diners mit Unterhaltung« am Samstag. Sein Name fällt mir plötzlich wieder ein, und ich frage mich warum: Olaf Barrou.

VIEL SPÄTER HABEN die Zufälle des Lebens mir erlaubt, weitere Einzelheiten über Verzini und gewisse Gäste der Boîte à Magie zu erfahren, und sogar über den Vater des kleinen Pierre. Ich komme vielleicht zu einem anderen Zeitpunkt darauf zurück. Im Augenblick möchte ich nicht auf Seitenpfade abschweifen, sondern einem geraden Weg folgen, der mir ermöglicht, etwas klarer zu sehen. Man muss bedächtig voranschreiten, um das Durcheinander und die Fallstricke des Gedächtnisses auszutricksen.

So erinnere ich mich zum Beispiel an einen großen Saal im Untergeschoss des Cinéma Rex, wo sie mit ein paar anderen Tänzern probte, unter der Leitung eines ehemaligen Ensemblemitglieds des Marquis de Cuevas. Das Ballett hieß *Der Rosenzug*, ein Stück, das sie besonders mochte. All diese Anstrengung, um leichter zu sein, all diese Arbeit, um »den Ellbogen zu brechen«, wie Kniaseff sagte, und den Armen eine fast immaterielle Geschmeidigkeit und Zartheit zu verleihen ... Vielleicht würde sie schließlich davonfliegen, durch Wände und Decken stoßen und an die freie Luft gelangen, hinaus auf den Boulevard.

Die Proben im Untergeschoss des Rex haben etwa zehn Tage gedauert. Und jeden Abend gingen wir zu Fuß nach Hause, bis zur Porte de Champerret. Der Weg war länger als der übliche vom Studio Wacker. Anfangs fiel es mir schwer, ihr zu folgen, dann aber gewöhnte ich mich an ihren Rhythmus. Und allmählich verschwand das Gefühl von Leere und Stillstand, das mich tagsüber zuweilen befiel. Es war, als würde sie mich mitziehen und mir helfen, wieder an die Oberfläche zu steigen.

EIN ANDERER WEG durch Paris, den wir zu zweit gegangen sind, war noch länger als der vom Cinéma Rex zur Porte de Champerret. Ich habe seit etwa dreißig Jahren vergeblich nach dem Namen jenes Türken gesucht, eines großen Ballettliebhabers, der alljährlich für die französischen und ausländischen Tänzerinnen und Tänzer ein Fest gab, in einer kleinen Wohnung, bei der ich nie mit Sicherheit wusste, ob sie am Bassin de la Villette lag oder am Canal de l'Ourcq. Und bis jetzt hat niemand es mir sagen können, sodass ich der letzte Zeuge bin.

In zwei aneinanderstoßenden Räumen und bei Kerzenlicht, wie für einen Geburtstag, drängten sich Gäste, deren Gesichter ich hin und wieder erkannte: Nurejew, Margot Fonteyn, Babilée, Bonnefous, Yvette Chauviré, Jorge Donn, Béjart, Sonia Petrovna, ein junges Mädchen, von der uns Kniaseff gesagt hatte, sie sei Französin, habe aber, um an der Oper zu tanzen, einen russischen Namen gewählt. An den Wänden Diwane, auf denen sie abwechselnd saßen: Der Hausherr, ein kleiner und fülliger Brünetter mit Schnurrbart und schwarzem Anzug, ging von einem zum andern, schweigsam und mit ewigem Lächeln. Ich stand immer an irgendeinem Fenster und konnte nicht anders, als hinauszuschauen auf die Szenerie jenseits der Glasscheibe: auf dieses Becken oder diesen Kanal, gesäumt von niedrigen Häusern und Schuppen, wo ein Schleppkahn vor Anker lag.

Beim Verlassen des Gebäudes, gegen ein Uhr morgens, hörten wir noch lautes Stimmengewirr von oben aus der Wohnung. Um uns herum, am Becken oder am Kanal, Stille. Die Quais waren eingetaucht in weißes Licht. Manchmal gehst du im Traum durch ein Viertel von Paris, und es scheint so weit entfernt, dass du beim Aufwachen Mühe hast, es auf einem Stadtplan dingfest zu machen. Und schließlich begreifst du, dieses Viertel gehörte in eine andere Stadt – Rom, London, Wien, Antwerpen –, und bloß für eine Nacht hatte es sich in Paris eingeschmuggelt, irgendwo beim Bois de Boulogne oder beim Parc Montsouris. Oder anderswo.

Allein hätte ich mich verlaufen. Doch ich vertraute ihr. Sie führte mich.

SOSEHR MAN SICH auch bemüht und außer Gefahr wähnt, nicht immer entkommt man den Gespenstern.

Als sie diesem Wiedergänger zum ersten Mal gegenüberstand, wohnte sie noch in dem Zimmer der Rue Coustou. An jenem Morgen begann der Ballettunterricht etwas später als sonst, erst um zehn. Sie schlenderte über die breite Fläche des Boulevards und hatte ihn erkannt, als noch ein gewisser Abstand zwischen ihnen lag. Sie wollte ihm schon ausweichen und auf das Trottoir gegenüber wechseln, vor dem Lycée Jules-Ferry, aber dann ging sie lieber geradeaus. Als sie auf seiner Höhe war, wurde sie von einer Art Schwindel erfasst, und sie blickte ihm fest in die Augen.

Sein Blick war völlig ausdruckslos. Sie drehte sich um und sah, dass er sich mit gleichmäßigem Schritt entfernte, als sei nichts geschehen.

Doch ein paar Tage später, am Nachmittag, folgte sie demselben Weg zum Studio Wacker. Er saß allein auf der Terrasse des Bastos, direkt hinter der Glasfront. Wieder spürte sie den gleichen Schwindel.

Sie verharrte reglos auf dem Trottoir und musterte ihn. Sie begegnete seinem Blick, demselben Blick wie beim ersten Mal, ein geistesabwesender Blick. Mit einer mechanischen Bewegung wandte er sich ab und schaute auf den Eingang des

Cafés oder auf die Wanduhr. Vielleicht erwartete er jemanden. Sie hatte ihn seit einer Ewigkeit nicht gesehen, und damals trug sie nicht die gleiche Frisur. Wahrscheinlich hatte er sie nicht erkannt.

Sie war erleichtert, das Studio Wacker zu betreten, als überschreite sie die Grenze zu einem neutralen Land. Hier lauerte keine Gefahr. Eine Weile blieb sie im Halbdunkel des Erdgeschosses, zwischen den vielen durcheinanderstehenden Klavieren. Kniaseff wartete an der Tür zum Studio.

»Du bist ganz blass ... Stimmt was nicht?«

Allein schon der Klang seiner Stimme besänftigte sie. Und während sie die gewohnten Übungen machte, kehrte ihre Ruhe zurück. Der Mann, den sie vorhin auf einer Caféterrasse gesehen hatte, war bloß ein Doppelgänger. Oder einfach nur ein harmloses Individuum, urteilte man nach seinem erloschenen Blick.

DOCH ALS SIE zum dritten Mal auf ihn stieß, verlor sie ihre Beherrschung. Es war nur ein paar Meter von ihrem Wohnhaus. Er stand reglos auf dem gegenüberliegenden Trottoir, vor der großen Autowerkstatt. Sie ging weiter, damit er sie nicht ins Haus treten sah. Sie bog in die Rue des Abbesses. Er folgte ihr nicht. Es war Nacht geworden. Sie beschloss, eine Weile dort drüben in der Kirche zu warten, die Saint-Jean-des-Briques hieß.

Sie saß hinten im Kirchenschiff. Allmählich kehrte ihre Ruhe zurück und dasselbe Gefühl wie im Studio Wacker, wenn sie ihre Übungen machte: das Gefühl, die Herrschaft über ihren Körper wiederzugewinnen. Was hatte sie schon zu befürchten? Sie stand auf, verließ die Kirche und nahm den Weg in umgekehrter Richtung. Sie lief so schnell, dass sie den Eindruck hatte, den Boden nicht mehr zu berühren. Noch einmal sah sie ihn, reglos vor der Autowerkstatt, wie eine Mumie, die jemand abgestellt hätte, aufrecht, in ihrem offenen Sarkophag. Sie öffnete die Haustür. Sie war darauf gefasst, dass er ihr hinterherkam, im Treppenhaus. Doch nichts geschah.

Sie schaute durch ihr Zimmerfenster. Unten, immer noch dieser Schatten, dieser schwarze Fleck, der sich abhob von der weißen Werkstattmauer.

*

Am nächsten Tag trat sie aus dem Studio Wacker, und da stand er, auf dem anderen Trottoir. Er kam zu ihr herüber, mit einem seltsamen Lächeln.

»Erkennst du mich …?«

Ohne zu antworten, machte sie einen Schritt vorwärts, doch er versperrte ihr den Weg.

»Saint-Leu-la-Forêt … Lange her, was? Erkennst du mich?«

Sie hatte seinen Namen vergessen. Er hatte nicht mehr dieses gespenstische Aussehen wie an den Tagen zuvor, diesen erloschenen Blick. Man hätte glauben können, er sei aufgewacht und zapple ein letztes Mal, bevor er für immer verschwand. Er packte sie an den Schultern, um sie festzuhalten, und diese schmierige Berührung verursachte ihr Übelkeit. Wie hatte er nach acht Jahren herausgekriegt, dass sie in diesem Viertel wohnte? Wer hatte ihm ihre Adresse genannt und die vom Studio Wacker? Sie befreite sich durch einen kurzen, kräftigen Stoß mit dem Ellbogen, worauf er nicht gefasst war, und ließ ihn hinter sich. Sie ging jetzt auf der breiten Fläche des Boulevards.

Saint-Leu-la-Forêt … Dieser Name gehörte in ein anderes Leben. Sie würde Hovine fragen, wie diese Schreckgestalt hieß, die plötzlich wiederaufgetaucht war. Vielleicht war er ihr durch einen unglücklichen Zufall über den Weg gelaufen, ohne dass sie etwas bemerkt hatte, und verfolgte sie schon länger hier im Viertel. Hovine erinnerte sich bestimmt an jene Zeit in Saint-Leu-la-Forêt. Durch den Tanz hatte sie alles vergessen.

DOCH SIE FRAGTE Hovine gar nichts. Am Ende dachte sie, es handle sich um einen jener Träume, von denen am nächsten Tag etwas zurückbleibt wie ein muffiger Geruch, und auch noch an den folgenden Tagen, sodass sie sich mit deinem Alltag vermischen und du Traum und Wirklichkeit nicht mehr auseinanderhalten kannst. Sie hoffte nur, dieser Traum werde nicht wiederkehren. Am besten wäre es, die Wohnung zu wechseln.

*

Mir war beim Verlassen des Studio Wacker und auch am Boulevard in der Nähe des Bastos mehrmals aufgefallen, dass sie sich umdrehte oder von links nach rechts schaute, als wollte sie kontrollieren, ob ihr jemand folgte. Ich habe gefragt, warum sie ängstlich wirkte. Sie hat in ironischem Ton geantwortet, sie fürchte, die »Gespenster der Vergangenheit« wiederauftauchen zu sehen. Und was waren das für Gespenster? Sie lächelte kurz. Vielleicht spürte sie an jenem Tag das Bedürfnis, sich jemandem anzuvertrauen. Das alles gehe zurück auf ihre Kindheit und Jugend in Saint-Leu-la-Forêt. Dort hatte eine Frau ihr Tanzunterricht gegeben, als sie noch ein Kind war, und bis ins Alter von vierzehn Jahren. Und die hatte ihr geraten, sich in Paris im Studio Wacker anzumelden, schrieb sogar einen Empfehlungsbrief für Boris Kniaseff. Damals hatten auch die Zugfahrten begonnen, morgens von Saint-Leu-la-Forêt zur Gare du Nord und abends von der Gare du Nord nach Saint-Leu-la-Forêt. Dem Vater des kleinen Pierre war sie in Saint-Leu-la-Forêt begegnet. Er war ein Freund von Serge Verzini. Dieser besaß ein Haus im Dorf. Sie hatten sogar eine Weile in diesem Haus gewohnt. Und der Vater des kleinen Pierre? Sie wusste nicht, was aus ihm geworden war. Und außerdem, diese Frage stellte sie sich gar nicht mehr. Und Verzini wusste genauso wenig. Die Leute, die in sein Landhaus kamen, waren nicht immer sehr »empfehlenswert«. Auch der Vater des kleinen Pierre nicht. Doch Verzini war eher ein netter Typ, und er hatte ihr geholfen, als sie nach Paris ziehen wollte.

Sie erzählte diese Einzelheiten in Schüben, unzusammenhängend, als habe sie Erinnerungslücken. Zum Beispiel verlor sie kein Wort über ihre Eltern und noch eine Reihe anderer Dinge. Ich erriet, es war sinnlos, Fragen zu stellen. Sie würde nicht antworten. Diese Vergangenheit schien ihr so fern, dass nur Bruchstücke übrig waren, die langsam wegdrifteten. Sie sprach jetzt über ein Ballett von Balanchine, *La Somnambule*, die Nachtwandlerin, für das sie seit vierzehn Tagen probte, mit dem Ensemble von Félix Blaska. Kurzum, ihr früheres Leben interessierte sie überhaupt nicht mehr, sie hatte es abgestreift wie eine tote Haut. Und das verdankte sie dem Tanz. Kniaseff hatte recht, wenn er sagte, der Tanz ist eine Disziplin, und sie hilft dir zu überleben.

PLÖTZLICH WAR IHR der Name des »Gespensts«, dem sie dreimal begegnet war, wieder eingefallen: André Barise. Er hatte einen Bruder, der glich ihm so sehr, dass sie sich fragte, ob er nicht sein Zwilling war, aber den Vornamen hatte sie vergessen. Übrigens sagten alle »die Barise-Brüder«. Und die zwei Wörter stanken für sie nach Morast.

Diese Namen waren vor allem mit den Zugfahrten verbunden, die sie ab vierzehn zwischen Saint-Leu-la-Forêt und der Gare du Nord machte, und abends zwischen der Gare du Nord und Saint-Leu-la-Forêt. Oft saß sie morgens mit den Barise-Brüdern im Halb-acht-Uhr-Zug und abends auf der Rückfahrt im Sieben-Uhr-Zug allein mit André Barise.

Pausbackige Gesichter, harte kleine Münder. Ihre Augen starrten immer hinterhältig. Die Hände feist, und im Gegensatz dazu eine manierierte Sprechweise, ein bemüht vornehmes Vokabular. Und jeder trug am kleinen Finger den gleichen Siegelring.

Es war schwer, ihnen aus dem Weg zu gehen. Wenn sie überstürzt in einen andern Wagen stieg, um ihnen beim Halt in Saint-Prix oder Enghien zu entwischen, folgten sie ihr. Sogar wenn sie in Ermont den Zug wechselte, um in der Gare Saint-Lazare anzukommen.

Am schlimmsten waren die abendlichen Rückfahrten nach Saint-Leu-la-Forêt. André Barise setzte sich neben sie. Wenn sie den Platz wechselte, folgte er ihr. Nach Ermont waren die Wagen halbleer, und sie konnte ihn nicht mehr loswerden. Er drückte sich an sie. Er redete in immer manierierterem Tonfall, um ihr von seinen Plänen zu berichten. Er arbeitete in einem Büro, aber demnächst würde er als Assistent eingestellt, bei Filmdreharbeiten in den Studios de Boulogne. Sie stand wieder auf und flüchtete zur Waggontür. Er kam hinterher und presste sie gegen die Tür. Sie wehrte sich, doch er drängte sich immer fester an sie, sodass sie keine Luft bekam. Die wenigen Fahrgäste blieben gleichgültig. Wahrscheinlich glaubten sie, das ganze sei ein Spiel, denn Barise lehnte sich manchmal zurück und lachte schallend.

Nach dem Verlassen des Zuges, auf dem Bahnsteig in Saint-Leu-la-Forêt, rannte sie los. Und es gelang ihr rasch, ihn abzuhängen. Er keuchte hinter ihr her. Und musste schließlich aufgeben. Während sie rannte, fühlte sie sich immer leichter, und diese Leichtigkeit, dieses Gefühl, fortan unangreifbar zu sein, verdankte sie dem Tanzunterricht.

Doch jeden Morgen, wenn sie in der Bahnhofshalle von Saint-Leu-la-Forêt auf die Barise-Brüder stieß, hätte sie am liebsten ein für alle Mal Schluss gemacht. Allein der Gedanke, dass sie bald in Paris sein würde und im Studio Wacker, besänftigte sie.

Abends in der Gare du Nord, beim Anblick von André

Barise, befiel sie erneut Mutlosigkeit. Wieder musste sie bis Saint-Leu-la-Forêt diesen Kerl ertragen und seinen Morastgestank.

ES WAR EINES Abends, beim Verlassen der Salle Pleyel, als sie *Die Nachtwandlerin* tanzte, das Ballett von Balanchine. Eine Frau hatte sich die Aufführung angesehen, eine gewisse Paula Hubersen, die Tänzerin hatte sie mir vorgestellt bei dem Fest, das der Türke alljährlich für die Tänzer organisierte, in seiner kleinen Wohnung am Bassin de la Villette oder am Canal de l'Ourcq.

Ich zögere bei der Schreibung des Vornamens. Paula? Pola? Ich glaube, es war eher Pola. Viel später habe ich erfahren, dass sie die Tochter eines Operettenkomponisten war, der vor dem Krieg aus Wien flüchten musste und nach Amerika ging. Sie war etwa fünfunddreißig und lebte in Paris, getrennt von ihrem amerikanischen Mann. Wie der Türke vom Bassin de la Villette oder Canal de l'Ourcq liebte sie das Ballettmilieu. Sie hatte den Ruf, eine Art Mäzenin zu sein, denn sie gab jungen Ensembles Geld.

Aber damals lebte ich in den Tag hinein, ohne mir Fragen zu stellen über all jene, mit denen ich durch Zufall in Berührung kam. Ich ließ mich treiben von der Strömung. Ich machte den toten Mann. Gestern Abend, um die Zeit, die man »zwischen Hund und Wolf« nennt, war ich allein und konnte den Blick nicht losreißen von einem hellerleuchteten Fenster in einer Hausfassade. Ich stellte mir vor, dort warte eine Person auf mich, hinter der Glasscheibe, um endlich die Fragen zu beantworten, die ich mir heute stelle über jenen Abschnitt meines Lebens, Fragen, die schon so lange unbeantwortet sind.

Beim Verlassen der Salle Pleyel hatte Pola Hubersen uns zu ihrem Auto geführt. Sie sagte, die Tänzerin habe sie in der *Nachtwandlerin* sehr ergriffen, ein Ballett, das sie schon vor einigen Jahren gesehen hatte, mit Maria Tallchief in dieser Rolle. Ja, ihr erscheine sie genauso ergreifend wie Maria Tallchief. Wir waren ins Auto gestiegen, die Tänzerin saß vorn und ich auf der Rückbank. Pola Hubersen wollte mit uns essen gehen, nicht weit von ihrem Zuhause, in einer der großen Avenuen um die Place de l'Étoile.

Ein Ort, der einem nicht aufgefallen wäre, in diesem menschenleeren Viertel. Man betrat ihn durch eine schlichte Tür, als handle es sich um ein Geheimlokal. Im Gegensatz zur Nacht draußen musste man in dem grellen Licht des kleinen Gastraums die Augen zusammenkneifen. Eine Mahagonitheke. Ein paar Tische waren gedeckt, vor einem dicken Vorhang, den man bestimmt zugezogen hatte, damit kein Licht hinausdrang. Wegen der späten Stunde waren wir die einzigen Gäste.

Pola Hubersen kam wohl häufig hierher, denn der Mann, der allem Anschein nach der Wirt war und den sie bei seinem Vornamen rief, brachte ihr eine Flasche Whisky und ein Glas. Und die Tänzerin schien sich darüber nicht zu wundern. Bestimmt kannte sie Pola Hubersens Gewohnheiten schon lange.

Warum ist mir dieser Abend immer noch so klar in Erinnerung? Am Anfang hatte ich das Gefühl, keinen Orientierungspunkt mehr zu besitzen. Der Ort, an dem wir uns befanden, schien mir so abgeschnitten von der Welt, mit seinen zugezogenen Vorhängen als Schutz gegen die große, menschenleere Avenue, die hinunterlief zur Seine. Hätte ich mich von der Tänzerin und Pola Hubersen verabschiedet und dann draußen gestanden, auf dem Trottoir der Avenue, ich glaube, dieses Gefühl wäre nicht verschwunden. Ich wäre geradeaus gegangen, ohne die Stadt ringsum wiederzuerkennen, und hätte, um mich zu beruhigen, nach der nächsten Metrostation gesucht, doch um diese Uhrzeit waren die Gitter an den Stationen verschlossen. Wen sollte ich nach dem Weg fragen? Die Tänzerin und Pola Hubersen redeten miteinander und kümmerten sich nicht um meine Gegenwart. Pola Hubersen goss regelmäßig, mit anmutiger Bewegung, Whisky in ihr Glas und trank in kleinen Schlucken, ohne dass der Alkohol irgendeine Wirkung zu haben schien. Ich bemühte mich, ihnen mit größtmöglicher Aufmerksamkeit zu lauschen, und dachte, die Worte ihrer Unterhaltung wären nunmehr meine einzigen Orientierungspunkte: Maria Tallchief ... Babilée ... Rosella Hightower ... Michaël Denard ... Béjart ... Vielleicht solltest du dich dieser Truppe anschließen ... Du warst so gut in *Der Rosenzug* ...

Pola Hubersen hatte sich zu mir gedreht und mit ganz sanfter Stimme gefragt:

»Und Sie, interessiert Sie Ballett?«

Ich war zusammengezuckt. Bis dahin hatte sie mir keine große Aufmerksamkeit geschenkt.

»Ja, es interessiert mich.«

Ich suchte nach Worten. Ich war so überrascht, dass sie mich angesprochen hatte ... Und es war mir immer schwergefallen, auf Fragen zu antworten.

Die Tänzerin kam mir zu Hilfe.

»Es interessiert ihn, weil er findet, es ist eine Disziplin. Eine Disziplin, und sie hilft dir zu überleben, wie Kniaseff immer sagt.«

Pola Hubersen hielt weiter den Blick auf mich geheftet. Was die Tänzerin erklärt hatte, beschäftigte sie offenbar.

»Sie brauchen eine Disziplin?«

Und es wirkte so, als wollte sie mehr wissen.

»Ja, leider.«

»Warum: leider?«

»Weil ich vorläufig keine finde.«

Sie schaute bedrückt. Sie nahm sich die Sache anscheinend zu Herzen.

»Bestimmt finden Sie irgendwann eine Disziplin ...«

»Machen Sie sich meinetwegen keine Sorgen, das wird schon, das wird schon ...«

Und ich gab mir Mühe, lächelte und zuckte leicht die Schultern, um die Ernsthaftigkeit zu verscheuchen, in die unsere Unterhaltung glitt.

*

Draußen gingen wir die Avenue entlang. Sie hatte uns vorgeschlagen, wir sollten bei ihr noch »ein letztes Glas kippen«, und bei dem Ausdruck musste ich lächeln. Weder die Tänzerin noch ich kippte jemals ein Glas.

Ich war beruhigt, in Gesellschaft der beiden zu sein. Ein Uhr morgens oder sogar zwei. Was kümmerten mich die verschlossenen Gitter der Metrostationen, die menschenleere Avenue und die dunklen Fenster an den Häusern, die wirkten, als wohne hier niemand mehr. Und die Stille, rings um uns.

Wir bogen in eine kleine Straße. Sie öffnete ein Haustor und ließ uns zuerst hinein. Im Dunkel tastete sie an der Wand nach dem Lichtschalter. Überflüssig, den Fahrstuhl zu nehmen. Die Wohnung lag im ersten Stock. Ein Vorzimmer. Ein weitläufiger Raum mit Fenstern zur Straße. Es herrschte eine gewisse Unordnung. Eine afrikanische Maske am Boden, zwischen den beiden Fenstern. Kleine Statuen von Shiva und Ganesha auf dem Kaminmantel und auf einem niedrigen Tisch, vor einem großen, mit Kaschmirschals bedeckten Kanapee. Bilder, aneinandergestellt wie für einen Umzug, hatten Spuren an den Wänden hinterlassen.

Wir saßen, die Tänzerin und ich, auf dem großen Kanapee. Sie kam mit einem Tablett, das sie auf den niedrigen Tisch stellte, zwischen die Statuen. Sie füllte die drei Gläser mit einem alkoholischen Getränk, dessen Namen auf der Flasche ich nicht lesen konnte. Ich trank einen Schluck. Ein sehr starker Alkohol. Pola Hubersen nahm einen kräftigen Zug. Die

Tänzerin nicht den kleinsten Tropfen. Und plötzlich kam mir ein Satz in den Sinn, den Kniaseff ihr zufolge seinen Schülern regelmäßig wiederholte: »Tänzer brauchen keinen Alkohol, Tanzen ist sowieso der stärkste Alkohol.«

Ich weiß nicht, wie lange wir dageblieben sind. Sie hatte eine Platte mit indischer Musik aufgelegt, deren Klänge und Stillen mich mit bohrender Sanftheit durchdrangen. Und die Gesichter der Tänzerin und Pola Hubersens verrieten in diesem Augenblick, sie empfanden dasselbe wie ich.

»Es ist kalt hier, finden Sie nicht?«, fragte uns Pola Hubersen.

»Ja, ein bisschen«, sagte die Tänzerin.

»Die Heizung ist seit gestern abgestellt. In meinem Schlafzimmer ist es angenehmer.«

Sie ging uns auf dem Flur voraus. Die Tänzerin hatte mich an der Hand genommen, als wollte sie mich mitziehen auf einem Weg, den sie schon kannte.

Das Zimmer war genauso groß wie der straßenseitige Salon, doch es hatte nur ein einziges Fenster, hinter roten Vorhängen. Eine kleine Lampe stand am Rand des mit Büchern überladenen Nachttischs. Sie legte sich auf die Seite mit dem Nachttisch und deutete, wir sollten ihrem Beispiel folgen. Die Tänzerin lag zwischen mir und Pola Hubersen. Das Bett war schmal. Pola Hubersen löschte die Lampe und rückte näher zu uns. Es blieb nur noch ein Lichtstreif, der vom Flur kam, durch die halboffene Tür.

AM TAG NACHDEM ihr dieser Wiedergänger vor dem Studio Wacker aufgelauert und sie sich durch einen Ellbogenstoß losgerissen hatte, telefonierte sie mit Verzini. Ob sie ihn so schnell wie möglich sehen könne? Er sagte, sie solle zu ihm kommen in die Bar, Rue Godot-de-Mauroy.

Er war da, allein, saß an einem Tisch. Seinen Mantel hatte er nicht ausgezogen, und er trug Moonboots. In der Nacht hatte es geschneit. Als sie eintrat, erhob er sich, um die Barbeleuchtung anzuknipsen.

Sie stand vor ihm, verlegen.

»Setz dich. Willst du einen Kaffee?«

Er schaltete die Kaffeemaschine ein und stellte zwei Tassen auf den Tisch. Er musterte sie lächelnd.

»Welchem Umstand verdanke ich diesen morgendlichen Besuch?«

Doch sie blieb stumm. Er griff nach ihrer Hand.

»Stimmt was nicht?«

Endlich gab sie sich einen Ruck. Mit gehetzter Stimme: »Da ist jemand, der mir nachstellt. Jemand, den ich vor langer Zeit gekannt habe, in Saint-Leu-la-Forêt ... André Barise ... Es waren zwei Brüder ... die Barise-Brüder ...«

Er runzelte die Stirn. Sie lauerte auf eine Antwort.

»Barise ... Ja, sicher ... Die Familie wohnte in der Rue de

l'Ermitage … nicht weit von unserm Haus … Die Eltern hatten eine kleine Seidenhandlung in Paris. Ich kann dir sogar die Adresse sagen: Rue Olivier-Métra … Du siehst, mein Gedächtnis ist gut …«

Nun, dieser André Barise kenne ihre Adresse und auch die vom Studio Wacker. Vor acht Jahren hätten die beiden Brüder ihr unaufhörlich nachgestellt, in den Zügen, wenn sie nach Paris zum Ballettunterricht fuhr, und ebenso abends, zurück von der Gare-du-Nord Richtung Saint-Leu. Und nach all diesen Jahren versperrte ihr gestern, auf der Straße, André Barise den Weg, sie habe ihm einen gehörigen Ellbogenstoß in den Bauch verpasst und sich losgerissen.

Verzini schien in seine Gedanken verloren.

»Wir machen ihn ein für alle Mal unschädlich, diesen Burschen …«

Mit auf dem Tisch verschränkten Armen beugte er sich zu ihr und sagte leise, als könnte irgendwer ihn hören: »Keine Sorge. Als Erstes musst du umziehen.«

Genau danach wollte sie ihn fragen.

»Ich habe eine leere Wohnung an der Porte de Champerret. Da kannst du hin, wenn du willst.«

Sie fühlte sich befreit von einer Last.

»Sag mir bloß noch die Uhrzeiten deiner Ballettstunden im Studio Wacker. Ich bitte jemanden, die Umgebung zu überwachen. Bist du jetzt beruhigt?«

Er redete mit ihr, als wäre sie ein Kind.

»Du hast ihm also einen Ellbogenstoß verpasst? Beim nächsten Mal nehme ich das in die Hand, und dann könnte es ein bisschen mehr wehtun. Wenn er's überlebt.«

Und plötzlich lachte er hellauf. Er folgte ihr mit dem Blick, während sie die Straße hochging, in Richtung Grands Boulevards. Sie trat auf die Schnee- und Eisbrocken, mit leichtem Schritt – wie eine Tänzerin, dachte er –, jede andere wäre ausgerutscht und böse hingefallen. Was für ein komisches Mädchen ... Sie hatte sich nicht verändert seit ihrer Kindheit, als er sie kennengelernt hatte, zusammen mit ihrem Vater, und viel später dann mit dem Vater des kleinen Pierre.

Eines Tages waren ihr Vater und sie in seinem Haus in Saint-Leu-la-Forêt. Während er die beiden beobachtete, hatte er auf einmal die Ahnung, Fehler und Schwächen des Vaters würden sich bei diesem kleinen Mädchen wie durch einen Zauberschlag verwandeln in gute Eigenschaften. Offenbar hatte die Zukunft ihm recht gegeben.

SIE MUSSTE BIS abends um sechs warten, erst dann zeigte ihr Verzini die Wohnung an der Porte de Champerret und gab ihr die Schlüssel. Sie hatte den Tanzunterricht versäumt, und jedes Mal, wenn sie es nicht schaffte, sich unter Kniaseffs Anleitung dieser Disziplin zu widmen, empfand sie ein seltsames Gefühl von Leere. Kniaseff zufolge musste der Körper sich erst einmal erschöpfen, um dann zur Leichtigkeit und Geschmeidigkeit der Bewegungen von Beinen und Armen zu gelangen. Und das Wort »sich erschöpfen«, dass er in russischer Manier aussprach, war ihr nicht auf Anhieb verständlich. Als er eines Tages mit ihr allein war, hatte er den Sinn erklärt: Ja, es ging darum, durch ständige Übungen »die Knoten zu entknoten«, und das tat weh, doch waren sie einmal »entknotet«, verspürte man Erleichterung, man war befreit von den Gesetzen der Schwerkraft, genau wie in Träumen, wo der eigene Körper in der Luft schwebt oder im leeren Raum.

Sie ging aufs Geratewohl los. Daran war sie gewöhnt, legte oft lange Wege zurück, sogar nach den Ballettstunden. Ja, wirklich, Kniaseff hatte recht: der Körper musste sich erschöpfen.

Aber das Gehen reichte nicht, an diesem Morgen. Deshalb versuchte sie an etwas anderes zu denken, an Verzini, der ihr wieder eine Gefälligkeit erwiesen hatte, was er seit einigen Jahren tat. Vielleicht in Erinnerung an den Vater des kleinen

Pierre? Doch sie sprachen niemals von ihm, und Verzini wusste nicht, was aus ihm geworden war. Einmal hatte sie ihn gefragt. »Er war ein Hitzkopf«, hatte Verzini bloß gesagt. Sie erinnerte sich an Verzinis Haus in Saint-Leu-la-Forêt, Rue de l'Ermitage, wo sie mit dem Vater des kleinen Pierre gewohnt hatte. Eine Frau war oft da, alle nannten sie »Madame Juan«, eine Frau in Verzinis Alter. Die war immer freundlich gewesen und ermutigte sie, als sie anfing, Ballettstunden zu nehmen.

Eines Tages hatte sie zufällig ein Gespräch mitgehört zwischen Verzini und dem Vater des kleinen Pierre. Sie redeten über Madame Juan. Sie habe, sagte Verzini, ein ziemlich bewegtes Leben geführt, denn ihr erster Mann sei ermordet worden, und später auch ihr Schwager. Irgendwelche Vergeltungsaktionen. Und Verzini hatte ihr aus Gefälligkeit das Haus in Saint-Leu-la-Forêt abgekauft, Rue de l'Ermitage, das ihrem ersten Mann gehört hatte. An diese Details konnte sie sich mehr oder weniger erinnern.

Sie hatte ein paar Monate mit dem Vater des kleinen Pierre zusammengelebt. Er fuhr oft weg, und dann war er ganz verschwunden. Er hatte ihr nicht viel bedeutet.

Von dem Augenblick an, da sie mit dem Tanzunterricht begonnen hatte, waren die ersten Jahre ihres Lebens verblasst wie ein misslungener Entwurf. Sie hatte das Gefühl, sie komme ein zweites Mal auf die Welt. Oder vielmehr hatte in diesem Augenblick ihre wahre Geburt stattgefunden.

Es war zehn Uhr morgens, und es schneite wieder. Ein feiner Schnee, beinah Regentropfen. Ihr war kalt, und sie spürte schmerzhafte Punkte im ganzen Körper. Sie musste »die Knoten entknoten«, wie Kniaseff sagte. Darum beschloss sie, zu Pola Hubersen zu fahren. Sie war die Einzige, die ihr helfen konnte. Sie legte sich auf das Bett, Pola Hubersen streichelte sie, und ihre Finger verharrten an den richtigen Stellen, mit der Genauigkeit eines Akupunkteurs. Pola Hubersens Lippen strichen sacht über ihre Lippen, und wenn sie ihren Körper berührten, war das noch angenehmer als die Finger. Allmählich entknoteten sich die Knoten, ohne dass sie Schmerzen verspürte wie zu Beginn der Tanzstunden. Manchmal versäumte sie eine Stunde und lag mit ihr auf diesem Bett. Dann ließ sie sich stromabwärts treiben, mit geschlossenen Augen.

Sie nahm die Metro und musste zweimal umsteigen. Die Züge kamen nicht, und es kostete sie Mühe, ihre Ungeduld zu bezwingen. Sie wusste, um diese Zeit war Pola Hubersen zu Hause. Und außerdem hatte sie ihr einen Wohnungsschlüssel anvertraut für den Fall, dass sie unangemeldet erschien.

Sie stieg an der Station George-V aus und folgte der Avenue, immer nervöser. Sie betrat das Haus am Anfang der Rue Quentin-Bauchart. Pola Hubersen stand immer sehr spät auf, und vielleicht war sie noch gar nicht wach. Sie durchschritt das Vorzimmer, und als sie in den Salon kam, entdeckte sie einen Herrenmantel auf dem großen Kanapee. Pola Hubersen war sicher mit irgendwem im Schlafzimmer, und sie wollte nicht stören. Die Wohnung wirkte nicht besonders groß: das Vorzimmer, der straßenwärts gelegene Salon und der lange Flur, der zum Schlafzimmer führte. Doch über eine kleine Tür, die sich nicht von der Wand unterschied, auf der anderen Seite, gelangte man zu einer Zimmerflucht in einem anderen Flur, die meisten dieser Zimmer waren freilich leer oder nur mit ganz niedrigen Diwanen möbliert. Sie nahm diesen Weg, öffnete die letzte Tür rechts und befand sich nun in dem großen Bad, das an Pola Hubersens Schlafzimmer grenzte. Das Licht brannte, die Tür zum Schlafzimmer stand weit offen.

Sie zog sich aus und schlüpfte in einen Morgenrock, einer von denen, die sie immer nach Ballettvorstellungen trug und den sie hier vergessen hatte. Sie betrat das Schlafzimmer. Ein Mann lag auf dem Bett, sie erkannte ihn sofort, denn sie hatte im Studio Wacker mit ihm ein Duo geprobt, ein gewisser Georges Starass. Beim Tanzen überkam sie ein mit keinem andern ihrer Partner je empfundenes Gefühl, als wäre diese Berührung etwas Intimeres, nicht bloß eine Übung, und sie wollte, dass es ewig weiterging.

Jetzt waren sie beide allein in dem Zimmer, und nach wenigen Augenblicken hatte sie wieder das Gefühl, wie neulich im Studio Wacker, sie tanze mit ihm im selben Rhythmus, in vollkommener Harmonie ... Und bald folgte ein Laut auf den anderen, immer stärker, in immer kürzeren Abständen. Jedes Mal spürte sie einen Schwindel, der heftiger wurde, endlos.

AN JENEM TAG sollten wir zu Mittag Pierre von der Dieterlen-Schule abholen. Ich hatte Hovine gebeten, mich im Auto hinzubringen, denn es schneite. Ich wollte ihm die Kantine ersparen, wo er sonst jeden Tag hinmusste. Lag es an meiner Erfahrung mit den Berginternaten, wenn es ab November schneite und wir uns während der Pausen im Schulhof unterstellten, nach Verlassen des Speisesaals, mit leerem Bauch? Ich versuchte die Tänzerin davon zu überzeugen, dass sie Pierre von der Kantine befreite, vor allem im Winter, aber sie schenkte mir nur einen komischen Blick. Offenbar verstand sie meine Bedenken nicht. Und doch erriet ich, dass sie eine härtere Kindheit und Jugend gehabt hatte als ich. Sicher war sie der Meinung, in die Schulkantine zu gehen, sei nicht schlimm für ein Kind.

Unterwegs stellte ich Hovine Fragen über die Tänzerin und Pierre. Doch seine Antworten waren ausweichend, als fürchtete er, ein Geheimnis zu verraten und die Tänzerin könnte es merken. Sagte sie nicht hin und wieder zu ihm, er sei »zu verschwatzt«? Verschwatzt? Diesen Eindruck machte er mir nicht. War ich in seiner Gesellschaft, dann herrschte zwischen uns oft längeres Schweigen.

»Finden Sie, er soll in der Kantine essen?«

»Ach, das ist doch nicht schlimm.«

Er lächelte. Auch er, so vermutete ich, hatte eine schwierige Kindheit und Jugend gehabt.

»Hauptsache, wir kümmern uns um ihn«, sagte er zu mir. »Die Tänzerin hat nicht immer Zeit, mit all den Proben und Aufführungen.«

Dann, in einem Ton, bei dem ich mich fragte, ob er ironisch war oder bewundernd:

»Wissen Sie, die Tänzerin ist eine große Künstlerin.«

*

Wir waren zu früh dran und warteten vor der Dieterlen-Schule. Er war der Einzige, der herauskam, als genösse er eine Vorzugsbehandlung. Seine Kameraden waren im Speisesaal. Ich dachte plötzlich, dass wir ihm ein schlechtes Beispiel gaben. Egal. Er wusste, wir würden ins Restaurant gehen, und bei der Gelegenheit konnte er sich seinen Lieblingsnachtisch aussuchen.

*

Nach dem Mittagessen waren wir mit Pierre in einem Kino für Kinder, Rue de l'Opéra, wo Walt-Disney-Filme gezeigt wurden. Dann sind wir zurück in die Wohnung, an der Porte de Champerret. Die Tänzerin war in Gesellschaft eines gewissen Georges Starass, ein Tänzer, den ich zwei-, dreimal mit ihr und Pola Hubersen gesehen hatte. Kniaseff schätzte ihn sehr, wegen seiner Begabung, doch er widmete sich seiner Laufbahn auf eher nachlässige Weise. Man spürte, der Tanz war nicht sein einziges Interesse im Leben. Oft versäumte er Proben, und man fragte sich sogar, ob er zur Premiere eines Balletts auf der Bühne erscheinen würde. Ich hatte verstanden, dass er mit der Tänzerin ein Duo darbieten sollte, am Théâtre des Champs-Élysées. Und es war nicht das erste Mal, dass sie miteinander tanzten. Kniaseff hatte sie mehrmals zusammengebracht, während des Unterrichts im Studio Wacker.

Pierre hatte sich in das Zimmer ganz hinten geflüchtet und spielte allein. Ich wüsste gern, was aus ihm geworden ist. In späteren Jahren habe ich einige Nachforschungen angestellt, aber ich kannte seinen Familiennamen nicht, er hatte ja keine Familie. Im Traum schaue ich oft hinauf zu einem Stern, wenn der Himmel klar ist, und ich habe die Gewissheit, dass sein unbeständiges und fernes Licht mir gilt, ein Licht, das die Tänzerin umstrahlt, Pierre, Hovine, die regelmäßigen Besucher des Studio Wacker, die Wohnung an der Porte de Champerret, meine Anfänge im Leben.

»Interessieren Sie sich für die Tanzwelt?«, fragte mich Georges Starass.

»Eine Frage des Zufalls«, erklärte ich. »Zufall der Begegnungen.«

Georges Starass und die Tänzerin sprachen über ihre nächsten Proben im Théâtre des Champs-Élysées. Ging es um *Der junge Mann und der Tod*, in dem Babilée einst getanzt hatte?

Oder einfach nur um *Schwanensee*? Oder um eine Wiederaufnahme vom *Rosenzug*? Ich weiß es nicht mehr. Später wird mir das schon wieder einfallen. Und außerdem ist es inzwischen völlig unwichtig. Ich hörte ihnen nicht zu. Ich hatte in der Vorwoche einen seltsamen Verleger kennengelernt, einen gewissen Maurice Girodias, in einem Café nicht weit von der Kirche Saint-Séverin. Wir waren ins Reden gekommen, weil er am Nebentisch saß. Er hatte in Paris eine englischsprachige Romanreihe begründet, in den angelsächsischen Ländern von der Zensur verbotene Bücher, und er hatte vor kurzem ein Restaurant eröffnet und ein Theater, in Räumlichkeiten hier ganz in der Nähe, Rue Saint-Séverin. Wenn ich wollte, könnte er sie mir zeigen. Anfangs überraschte mich die Freundlichkeit, mit der er mich behandelte. Aber ich hatte ihm mit großer Aufmerksamkeit zugehört, und damit hatte er bei einem Burschen meines Alters wohl nicht gerechnet.

Nach der Besichtigung der beiden Etagen seines Restaurants sowie des Untergeschosses, ein Keller mit Gewölbe, den er zu einem Nachtlokal umbauen wollte, fragte er mich, ob ich Englisch könne. Ich bejahte, und er machte mir den Vorschlag, ein Buch zu überarbeiten, dem ein paar Episoden hinzugefügt werden müssten und das als Typoskript von etwa achtzig Seiten vorlag. Ich sagte, ich sei einverstanden. Es gibt so viele Wege in die Literatur … Und als Starass während jenes Nachmittags in der Wohnung an der Porte de Champerret wissen wollte, »was ich denn im Leben so machte«, und ich die Verlegenheit der Tänzerin bemerkte, denn sie dachte, ich wüsste keine Antwort, da erklärte ich mit fester Stimme: »Ich schreibe Bücher«, was bei der Tänzerin Verwunderung auslöste, und sie verzog sogar den Mund, als hätte ich eine Lüge aufgetischt. Doch bald verließ ich den Raum und ging zu Pierre in das Zimmer ganz hinten. Er legte gerade ein Puzzle, eins von diesen großen Puzzles, die ich in einem Spielwarengeschäft am Faubourg Saint-Honoré für ihn gefunden hatte. Ich half ihm, ein Puzzleteilchen ans andere zu fügen. Das Fenster ging hinaus auf den Hof und auf die grauen, frostigen Winternachmittage, einer von diesen strengen Wintern, wie es sie damals noch gab.

IM THÉÂTRE DES CHAMPS-ÉLYSÉES liefen die Proben für *Der Rosenzug* mit Georges Starass. Nie zuvor war sie mit so starken und so merkwürdigen Banden an einen Partner gefesselt, und nie zuvor hatte sie in dem Ausmaß diese Anspannung des Körpers empfunden, bis zur Weißglut erhitzt durch den Tanz. Sie wusste, diese Bande würden nicht halten. Waren Proben und Aufführung erst einmal vorbei, würde das Leben sie beide auseinandertreiben auf verschiedene Wege.

Eines Abends, während sie an der Station George-V aus der Metro stieg, um Starass in Pola Hubersens Wohnung zu treffen, musste sie an Madeleine Péraud denken, eine Ärztin, bei der sie in Behandlung gewesen war, mit fünfzehn, als sie ins Studio Wacker eintrat, an die Geduld dieser Frau, wenn sie ihr komplizierte und irgendwann doch begriffene Dinge erklärte, an die mystischen Bücher, kennengelernt dank ihrer Hilfe und ihres Vorschlags, in einem Schulheft Stellen abzuschreiben, die sie beeindruckt hatten. Ein Wort unter so vielen andern, das die Ärztin oft gebrauchte, kam ihr wieder in den Sinn: Inkandeszenz. Sie hatte ihr sogar ein kleines Buch geschenkt, darin hieß ein Kapitel »Die Inkandeszenz«.

Inkandeszenz, Glückseligkeit, Verzückung, Ekstase, diese Begriffe kehrten oft wieder in den Büchern, die sie von der Ärztin bekommen hatte, und sie erinnerte sich an den Eindruck, den diese auf sie machten, bei der ersten Lektüre. Sie hatte schließlich gedacht, dieselben Wörter hätte man gebrauchen können, um vom Tanz zu sprechen.

Ab der Metrostation folgte sie der Avenue bis zur Wohnung von Pola Hubersen. Diese war für vierzehn Tage verreist, und jedes Mal, wenn sie Starass für ein paar Stunden traf, war sie allein mit ihm in der Wohnung. Es war Nacht, eine laue Nacht, trotz des Monats Dezember. Bald würde eine letzte Probe stattfinden für *Der Rosenzug*, mit Starass auf der Bühne des Théâtre des Champs-Élysées. Und dann, am nächsten Abend, die Ballettpremiere, Verneigung und Applaus, dabei bleibt der Körper nach der langen Anstrengung verspannt, lockert sich erst allmählich. Und ganz bestimmt würde sie ihn niemals wiedersehen.

An jenem Abend, je näher sie der Wohnung kam, spürte sie in ihrem Innern ein brennendes Gefühl, das sich noch steigern würde, sobald sie mit ihm in dem Zimmer zusammen war. Am Vormittag hatten sie geprobt, und jetzt erwartete er sie in dem Zimmer. Sie versuchte mit ruhigem Schritt zu gehen, und das brachte ihr Herz zum Pochen. Es unterschied sich nicht von dem Gefühl, das einen durchströmt beim Betreten der Bühne, kurz bevor man seinem Partner begegnet. Jedoch stärker.

Sie schob langsam die Haustür auf, und als sie am Fuß der Treppe stand, verharrte sie einen Augenblick. Sie bemühte sich, beim Hinaufsteigen den Schritt der Nachtwandlerin wiederzufinden, den sie in Balanchines Ballett ausgeführt hatte. Auf dem Absatz zog sie den Schlüsselbund aus der Manteltasche. Sie konnte ihre Nervosität nicht länger beherrschen, und die Schlüssel fielen zu Boden. Das Licht ging aus, und sie suchte im Dunkel tappend nach den Schlüsseln. Sie hatte Mühe, den richtigen Schlüssel ins Loch zu stecken, weil ihre Hand so zitterte.

Als sie den Salon betrat, sah sie ganz hinten seinen Mantel über der Lehne des Kanapees, am selben Platz, wo sie ihn beim ersten Mal gesehen hatte. Sie ging bis zum Kanapee, mit so leichtem Schritt wie möglich, um auch das leiseste Geräusch zu vermeiden. Sie setzte sich, mit geradem und reglosem Oberkörper, die Knie zusammengepresst, blieb so im Halbdunkel sitzen und dachte, dass er im Zimmer auf sie wartete. Sie zögerte, welchen Flur sie nehmen sollte, für den Weg zu ihm, und dieses Zögern, diese absichtlich in der Schwebe gelassene Zeit, brachte sie allmählich bis zur Inkandeszenz. Den üblichen Flur gleich nach dem Vorzimmer oder den längeren, hinüber zum Bad? Sie hörte sich flüstern: »Den längeren Flur...«

Sie stand auf und begann dem Flur zu folgen, im Schritt der Nachtwandlerin, doch im Gegensatz dazu schlug ihr Herz so heftig, dass sie plötzlich außer Atem geriet.

GIRODIAS GAB MIR das Typoskript mit dem Titel *The Glass Is Falling*. Diesen Roman, oder vielmehr diese lange Erzählung, hatte ein gewisser Francis La Mure verfasst. Es handelte sich um die minutiöse Beschreibung einer Gruppe von Engländerinnen und Engländern, die sich schon lange an einem Skiort im Engadin aufhielten, und ihrer Beziehungen zueinander, leichtsinnig-lockere Beziehungen, geprägt sogar von einer gewissen sexuellen Freizügigkeit.

Ich fragte ihn, ob ich wirklich Kapitel hinzufügen sollte und ob der Autor damit einverstanden war. Er lächelte und sagte, der Autor sei einverstanden. Ich machte mich sogleich an die Arbeit, ohne weitere Fragen zu stellen.

Ich arbeitete in dem kleinen Zimmer, das ich von Verzini gemietet hatte, Rue Chauveau-Lagarde. Letztlich habe ich nur zwei kurze Kapitel geschrieben, am Ende des Buches, und die Kapitel davor in mehr oder weniger lange Absätze gegliedert. Wenn ich die kleinen Kürzungen auf jeder Seite mitrechne sowie die Wortänderungen oder die Streichung von Adjektiven, dann war meine Arbeit, glaube ich, eher die eines Lektors. Bevor der Roman in Girodias' Reihe mit den grünen Einbänden erschien, wollte er mir noch einen Fahnenabzug aushändigen, und das sollten wir beide in seinem Restaurant der Rue Saint-Séverin »feiern«. Er hatte mich gebeten, abends gegen elf zu kommen. Der Gastraum war völlig leer. Was feierten wir eigentlich, dieser Verleger und ich? Einen Roman, *The Glass Is Falling*, von Francis La Mure, den ich überarbeitet hatte, aber ich sagte mir, nie würde jemand davon erfahren.

IN JENER NACHT ging ich an den Quais entlang. Ich hatte mir den Fahnenabzug von *The Glass Is Falling*, den Girodias mir gegeben hatte, in die Manteltasche gestopft und wusste noch nicht, ob ich ihn der Tänzerin zeigen sollte. Sie besaß gesunden Menschenverstand und würde mit ihrer ironischen Stimme sagen: »Ja, aber dieses Buch ist nicht von dir. Es ist von Francis La Mure. Außerdem ist es auf Englisch.«

Ich konnte eindeutig nicht mit ihrer Kunst rivalisieren, und wenn diese »große Künstlerin«, wie Hovine sagte, offensichtlich eine gewisse Zuneigung zu mir hegte, so fragte ich mich doch immer, ob sie mich ernst nahm.

Trotz dieser Unsicherheiten beruhigte mich die Tatsache, dass ich an den Quais entlangging. Ich kannte sie schon so lange ... Ich war vertraut mit jedem Haustor, mit dem kleinsten Fensterchen und den Auslagen der Antiquitätenhändler, die sich aneinanderreihten bis zur Rue du Bac.

Als ich am Hôtel du Quai Voltaire vorbeikam, bedauerte ich, nicht hier zu wohnen, so sehr hatte ich diesen Ort immer als magnetischen Punkt in Paris empfunden, am Saum zweier Ufer. Man musste nur über die Brücke gehen, und schon war man am rechten Ufer, und wenn man nachts aus dem Zimmerfenster schaute, in Richtung Louvre und Tuilerien, hatte man das Gefühl, die Zukunft, die vor einem lag, sei voller

Versprechungen. Links vom Hoteleingang, durch die Fensterscheibe im Erdgeschoss, sah ich, dass in der Bar noch Licht brannte und zwei Personen am Tisch ganz hinten saßen. Einen Augenblick verspürte ich Lust, mich zu ihnen zu setzen. Vielleicht warteten sie auf mich. Oder ich selbst hatte ihnen diesen Treffpunkt genannt. Schließlich war ich noch in jenem Lebensabschnitt, den man »Zeit der Begegnungen« nennt.

Ich war auf Höhe der seit langem stillgelegten Gare d'Orsay angelangt. Ein diffuses Licht im Inneren, und wenn man sich über die verschlossenen Gitter beugte, erkannte man im Halbdunkel die ehemalige Eingangshalle und eine Reihe hölzerner Schalter, die sicher aus der Zwischenkriegszeit stammten oder sogar vom Anfang des Jahrhunderts. Sie wirkten viel kleiner als heutige Schalter, als wären die Leute damals nicht so groß gewesen wie jetzt. Und doch erinnerte mich diese Halle ohne Reisende an die Gare d'Austerlitz, an jenem Abend, als wir, die Tänzerin, Hovine und ich, auf Pierres Zug warteten. Ja, in einer sehr fernen Zeit hatten sich in der Halle der Gare d'Orsay noch Menschen gedrängt, und drei Personen – eine Frau und zwei Männer – waren ein Kind abholen gekommen, und wie wir standen sie am Kopf des Bahnsteigs und versuchten es im Strom der Reisenden zu entdecken. Dann waren sie den Bahnsteig entlanggegangen und hatten gesehen, wie es mit seinem Koffer aus einem der letzten Wagen stieg. Und am Ende war ich überzeugt, das seien wir, denn die gleichen Situationen, die gleichen Schritte, die gleichen Gesten wiederholen sich über die Zeit hinweg. Und sie sind nicht verloren, sondern auf alle Ewigkeit eingeschrieben in die Trottoirs, Mauern und Bahnhofshallen dieser Stadt. Die ewige Wiederkehr des Gleichen.

Ich ging über den Pont de la Concorde, und bei der Aussicht, in mein Zimmer zurückzukehren, überfiel mich eine gewisse Beklemmung. Im Hauseingang würde ich unvermeidlich den Lichtschalter drücken, mich in der trüben, wie heruntergedimmten Beleuchtung auf der Treppe wiederfinden, und vor allem auf dem endlosen Flur mit den Emailleschildern an jeder Tür. Und ich fürchtete, auch in der Wohnung an der Porte de Champerret schiene kein anderes Licht, dort, wo die Tänzerin jetzt bestimmt nicht war und ich bloß Pierre weckte und Hovine. Man hätte glauben können, dieses Licht durchdringe sogar tagsüber mein Leben. Ein niemals klares Licht.

Und doch war mir, als strahlten am Saum der Place de la Concorde die Straßenlaternen in hellerem Glanz als sonst und ich käme plötzlich auf eine große Lichtung oder eine Esplanade irgendwo am Meer. Ein leichter Wind wehte von den Tuilerien her oder vom Anfang der großen waldigen Avenue linker Hand, Richtung Champs-Élysées. Der Platz glich einer Oase im Halbdunkel. Ich atmete in tiefen Zügen und hatte meine Unbeschwertheit wiedergewonnen und meine angeborene Sorglosigkeit. Ich hatte keine Angst mehr, dem trüben Licht auf der Treppe und im Hausflur zu trotzen. Während ich dahinschlenderte, berührten meine Füße nicht länger den Boden, wie die der Tänzerin im *Rosenzug*. Und bei diesem Gedanken bekam ich einen Lachanfall.

MANCHMAL REDETEN WIR miteinander, Pierre und ich, donnerstags, wenn wir vom Kino nach Hause gingen. Ich versuchte zu begreifen, wie sein Leben ausgesehen hatte, bevor er eines Abends in der Gare d'Austerlitz eintraf. Aber die Erinnerungen eines Kindes sind genauso lückenhaft wie die an meine eigene Jugend. Wenn ich über diese wenigen Brocken nachdenke: die Tänzerin, das Studio Wacker, Pola Hubersen und ihre Wohnung, Hovine und sein Mantel mit Fischgrätmuster, dann gleicht das alles den Erinnerungen, die Pierre sich bewahrt hatte, an einen Augenblick, einen Ort, ein paar mitgehörte Worte. Und niemals würde er in Zukunft alles zusammenfügen können zu einem Ganzen, wie er das mit seinen Puzzles machte.

So hatte er mir erzählt, der Zug, mit dem er eines Abends nach Paris gekommen war, sei in Biarritz abgefahren. Die Tänzerin wollte mir dieses Detail nie erklären, abgesehen von einem ausweichenden Satz: »Er war irgendwo an der baskischen Küste.« Pierre betreffende Fragen brachten sie in Verlegenheit, und wahrscheinlich machte sie sich Vorwürfe, denn sie hatte ihn zurückgelassen. Und er, war ihm die Trennung bewusst? Offenbar nicht, denn er hatte die Zeit seiner Kindheit vor Biarritz vergessen, als seine Mutter vielleicht noch bei ihm war. Er hatte nur zwei Bilder aus jener Zeit im Gedächtnis:

eine Uhr auf einem abschüssigen Rasen, mit einem Zifferblatt aus Blumen, am Rand einer Avenue, wo eine Kirmes stattfand. Er war in einen roten Auto-Scooter gestiegen, mit jemandem, der für ihn auf alle Zeit ein Unbekannter bleiben würde. Irgendwo war ein Hund, doch er konnte nicht sagen wo.

In Biarritz erinnerte er sich an »Sainte-Marie«, seine erste Schule, wo man jede Woche ein »Kreuz« bekam, wenn man ein guter Schüler gewesen war, und an den Ort, wo er wohnte, nicht weit von der Schule und vom »Schloss Gramont«. Und an sehr hohe Wellen, die ihm Angst machten bei Schlechtwetter, und an die Worte: »*Toro de fuego*«, die er oft gehört hatte und nicht verstand. Und auch an das Gesicht der Dame, die sich um ihn kümmerte, doch er hatte sich nie gefragt, wer sie eigentlich war. Man könnte glauben, Kinder stellen sich niemals Fragen und wundern sich über nichts.

An Schönwettertagen fuhr ich mit ihm in den Bois de Boulogne. Der Autobus, die Seen, die Boote, das Chalet des Îles mit dem Minigolf...

Die meiste Zeit, bei unseren Gängen durch Paris oder während der Busfahrten, redeten wir nicht. Das Schweigen zwischen uns war ein viel stärkeres Band als Worte. Wir waren stumm nebeneinander Hergehende, freilich immer auf dem Trödelpfad.

VOR NICHT ALLZU langer Zeit, im Jahr 2022, ging ich durch die Rue Notre-Dame-des-Champs. Ein Auto parkte neben dem Trottoir, fast auf Höhe der Kreuzung Rue Vavin, und ein Mann saß hinterm Steuer, mit heruntergelassener Scheibe.

»Hallo ... der Elegante da ...«

Er beugte sich aus dem Fenster und fasste mich scharf ins Auge. Ein Mann meines Alters. Seine Haut war leicht pockennarbig. Und das Haar immer noch kastanienbraun. Vielleicht auch gefärbt.

Ich ging weiter. In meinem Rücken hörte ich von neuem, diesmal lauter:

»Na, der Elegante ... Du kennst mich wohl nicht mehr?«

Ich weiß nicht, welche Bedenken mich plötzlich überkamen. Ich machte kehrt und blieb vor ihm stehen. Ich sagte verwundert:

»Bin ich der Elegante?«

Wir lebten seit drei Jahren in so schwierigen Zeiten, wie ich sie noch nie erlebt hatte. Und die Welt um mich herum hatte sich derart schnell verändert, dass ich mich in ihr als Fremder fühlte. Ich trug einen alten schwarzen Anorak, eine zerknitterte beige Hose und Schuhe mit Kreppsohlen. Nein, in dieser Zeit spielte man nicht den Eleganten. Eher schon den Unauffälligen.

Er musterte mich mit spöttischem Lächeln.

»Ach, du Eleganter … immer noch derselbe … Hast du die Kollegen aus dem Laden wiedergesehen?«

»Aus dem Laden?«

Er hielt mich für einen andern, doch in meinem Alter ist man bei nichts mehr sicher. Vielleicht hatte ich kurz in irgendeinem »Laden«, wie er sich ausdrückte, gearbeitet und die Sache vergessen. Und manchmal ging man abends, nach dem Büro, mit den Kollegen ein Glas trinken.

»Ich bin seit zehn Jahren raus aus dem Laden.«

Ich betrachtete ihn so aufmerksam wie möglich. Wirklich, er erinnerte mich an nichts. Aber ich wusste, wie sehr Gesichtszüge sich verändern können in fünfzig Jahren. Nase. Lippen. Augen.

»Also, die Kollegen aus dem Laden hast du nicht wiedergesehen?«

Er sprach nicht nur in einem spöttischen Ton, sondern auch mit einer gewissen Aggressivität. Und ich hatte nicht die leiseste Erinnerung an dieses pockennarbige Gesicht.

Ich stand grübelnd neben ihm. Ein Mann, der mir ähnlich sah, oder vielleicht sogar ich selbst, war sein Kollege gewesen, doch offenbar war er außerstande, mir seinen Namen zu sagen und den Namen unseres »Ladens«. Er wiederholte immer nur kopfschüttelnd und mich mit Falkenblick durchbohrend:

»Ach … du Eleganter … Eleganter …«

Wozu insistieren? Ich habe einen Augenblick der Unaufmerksamkeit genutzt, als er nach etwas in seiner Jackentasche suchte, und ging mit raschem Schritt in Richtung Rue Vavin. Kurz darauf hörte ich ihn mit drohender Stimme brüllen: »He, du Eleganter da ... lässt du deine Freunde im Stich, du Eleganter ...?« Er war ausgestiegen, und ich fürchtete eine Sekunde, er könnte mir hinterherlaufen. Aber diese Episode hatte wenig Bedeutung in der so harten und so unverständlichen Welt, in der wir seit einiger Zeit lebten.

ELEGANT. DAS WAR ein Wort, das häufig wiederkehrte im Mund der Tänzerin, ob es sich um ihren Beruf handelte oder um Alltägliches. Eine »elegante« Tänzerin, ein »eleganter« Tänzer, urteilte sie oft über gewisse Kollegen, und das hieß, ihre Bewegungen waren besonders anmutig und ätherisch. Sie sagte es gern von ihrem Partner Georges Starass, doch anscheinend bewertete sie damit die Lässigkeit, mit der er sein Leben führte. Und es genügte, dass ihr jemand auf der Straße begegnete oder sie einem Unbekannten gegenüberstand, und schon konnte sie ausrufen: »Diese Eleganz ...« Sie sagte es auch von Pierre, die wenigen Male, wo sie ihn in seinem Zimmer spielen oder zur Schule gehen sah.

Eines Tages, als ich sie freundlich verspottete und ihr die Frage stellte: »Und du, bist du elegant?«, hatte sie mich traurig angeblickt: »O nein. Überhaupt nicht.«

EINES NACHMITTAGS HATTE ich sie zu Repetto begleitet, weil sie Ballettschuhe und Strumpfhosen kaufen wollte, und wir waren in einer schmalen, tiefen Bar gelandet, am Boulevard des Capucines, Le Trou dans le mur, wo sie manchmal ihre Ballettfreunde von der Oper traf.

Man hatte das Gefühl, dieser Ort habe sich seit den dreißiger Jahren nicht verändert, wie ein schon lange zugemauertes Zimmer, das man in einer Wohnung beim Niederreißen einer Wand entdeckt, mit seinem einstigen Mobiliar, seinem zerwühlten Bett, wo auf dem Kissen noch der Abdruck eines Kopfes zu sehen ist, und mit einer Abendzeitung, die auf dem Nachttisch liegt und deren Schlagzeile die Ermordung von Präsident Paul Doumer verkündet. Darum hieß dieser Ort wahrscheinlich »Das Loch in der Wand«. Von draußen, in der dunklen Mauer, war der Eingang nur ganz schwer zu erkennen.

»Und du?«, fragte sie mich. »Hast du Arbeit gefunden?«

Zum ersten Mal stellte sie mir eine konkrete Frage zu »meiner Arbeit«. Sie dachte, ich hätte keine, weil ich nie davon sprach. Ich war immer sehr zurückhaltend bei allem, was mich selbst betraf. Mein Leben war bisher in einer gewissen Einsamkeit verlaufen, die mich nicht besonders anfällig machte für Vertraulichkeiten.

»Ja, ich habe Arbeit gefunden. Für einen Verleger. Er hat mir ein englisches Buch zum Lektorieren gegeben.«

Sie hatte die Stirn gerunzelt.

»Ein englisches Buch?«

»Er gibt eine englische Buchreihe heraus. Sein Verlag heißt Olympia Press.«

Ich hatte »Olympia Press« mit tiefer Stimme gesprochen. Ich wollte sie von der Seriosität des Unternehmens überzeugen.

»Ich streiche Sätze und Adjektive. Ich ergänze Absätze. Ich muss auch zwei zusätzliche Kapitel schreiben. Das ist eine Art Übung, ein bisschen so, wie wenn du deine Übungen an der Stange machst.«

Dieser Vergleich schien sie nicht zu überzeugen. Und ich schämte mich ein wenig, diese Arbeit eines Lektors mit den Übungen zu vergleichen, bei denen ich ihr oft zugeschaut hatte, im Studio Wacker. Und dennoch, schon damals hatte ich die Gewissheit, dass auch die Literatur eine so schwierige Übung war wie der Tanz, nur in einer anderen Form.

»Du schreibst also deine Korrekturen auf Englisch, wenn ich recht verstehe?«

»Nein. Auf Französisch. Das fällt mir leichter. Anschließend übersetzt sie jemand ins Englische, bei Olympia Press.«

»Zeigst du mir das Buch dann?«

Ich war nicht sicher, dass es erscheinen würde. Und sie selbst wirkte skeptisch, was den Ausgang dieses Unterfangens betraf. Unnötig, ihr den seltsamen Verleger zu beschreiben, diesen Maurice Girodias. Und vor allem, die Art von Büchern, aus denen sich der Katalog seiner Reihe mit den dunkelgrünen Einbänden zusammensetzte.

Außerdem redeten wir sehr wenig über Literatur. In ihrem Zimmer standen etwa hundert Bücher auf zwei ganz niedrigen Regalen neben dem Bett. Es waren zur einen Hälfte Kriminalromane aus der Série Noire und zur andern Werke, die sich mit den Erfahrungen von Mystikerinnen befassten: die heilige Teresa von Ávila, Claudine Moine, Marie des Vallées, Louise du Néant, Hadewijch aus Antwerpen... Sie alle trugen auf dem Vorsatzblatt einen mit Bleistift geschriebenen Namen: Madeleine Péraud.

AN JENEM TAG wollte sie mich vom Trou dans le mur bis zu meinem Zimmer begleiten, in die Rue Chauveau-Lagarde. Das Licht auf der Treppe und im langen Flur schien mir weniger trüb als sonst, dank ihrer Gegenwart. Sie kam zum ersten Mal hierher, und sie betrachtete die alte Tapete, das Fenster zum Hof, das Waschbecken, den Tisch mit einer gewissen Verwunderung.

»Verzini hätte dir was Besseres finden können.«

Doch was sie selbst betraf, war sie nicht sehr anspruchsvoll. Sie erinnere sich, sagte sie mir, dass sie mit ungefähr vierzehn Kniaseff gefragt hatte, ob es nicht ein kleines Zimmer gab im Studio Wacker, wo sie schlafen könnte, und sogar ein Schlafsack auf dem Parkett des Saals, in dem der Tanzunterricht stattfand, hätte ihr genügt. Kniaseff hatte erstaunt gewirkt. »Und Ihre Eltern? Was halten die davon?« Nach dieser Frage war sie stumm geblieben. Ihre Eltern? Wie sollte sie ihm die beschreiben? Es war besser, nicht ins Detail zu gehen.

Ich zeigte auf den Tisch und sagte, hier entstünden »meine literarischen Arbeiten«.

Sie hatte sich auf die Bettkante gesetzt, eine Art Feldbett.

»Du solltest zu uns ziehen, an die Porte de Champerret.«

Manchmal verbrachte ich die Nacht in ihrem Zimmer. Doch sie kam oft sehr spät nach Hause. Sie war mit »Kollegen«

unterwegs, wie sie sagte, oder ging in deren Aufführungen. Oder aß mit Pola Hubersen zu Abend. Wenn Hovine die Wohnung verließ und Pierre eingeschlafen war, spürte ich eine leise Angst, als würde sie nie mehr zurückkommen. Dann las ich, um mich wieder zu fassen, die Bücher auf den zwei Regalen. Nicht die Romane aus der Série Noire, die ich alle kannte, auch nicht den Science-Fiction-Roman, den ich zu meiner Überraschung in ihrer Bibliothek gefunden hatte, *Die lebenden Steine*, sondern die Werke über die Mystikerinnen.

Einige Stellen waren mit Bleistift unterstrichen. Von Doktor Péraud? Oder von der Tänzerin selbst? Ich habe ein Schulheft entdeckt, auf dem Umschlag stand der Name der Tänzerin. Darin hatte jemand die meisten der in den Büchern unterstrichenen Stellen abgeschrieben, in jugendlicher Schrift, und diese Schrift konnte nur der Tänzerin gehören. Und auf einer Seite klebte die Kopie eines Bildes, eine Darstellung der Heiligen Jungfrau, die ein verworrenes Band entknotet, mit dem Titel: *Maria Knotenlöserin*. Sie hatte mehrere Reproduktionen dieses Bildes in Form von Postkarten gefunden, alle aufbewahrt in der Schublade ihres Nachttischs, eine davon hatte sie mir geschenkt, mit einer Widmung, und einfach nur erklärt, dies sei ein Glücksbringer.

HATTE SIE EINE mystische Erfahrung gemacht, auf Rat von Doktor Péraud, die »eine Stütze für sie« gewesen war? Sie hatte mir nichts Genaueres erzählt über diese Frau, und ich hatte sehr schnell verstanden, dass sie mir nicht antworten würde auf meine Fragen und dass sie die Kunst des Schweigens ebenso gut beherrschte wie die Kunst des Tanzens, denn beide hatten meiner Ansicht nach einiges gemeinsam. Ich selbst hatte sie nie angesprochen auf dieses zwischen den Büchern entdeckte Schulheft. Ich las in ihrem Zimmer, während ich auf ihre Rückkehr wartete, so gegen Mitternacht oder manchmal erst gegen zwei Uhr morgens. Mir schien, mehr als jedes lange Gespräch zwischen uns, das, wie ich wusste, sowieso nie stattfinden würde, erlaubte mir diese Lektüre, sie besser kennenzulernen und zu verstehen. Und zwar dank der Stellen, die sie unterstrichen hatte, und dank einzelner Kapitelüberschriften, *Die innere Burg*, *Die siebten Wohnungen*, *Briefe der Louise du Néant*, *Die Einsiedlerin im Fels* ... Einmal hatte sie mich mitgenommen in die Kirche Saint-Ferdinand des Ternes, nicht weit von der Wohnung an der Porte de Champerret, um Kerzen anzuzünden, und mir anvertraut, zu einer gewissen Zeit habe sie sich nach dem Studio Wacker oft in die Kirche Saint-Jean-des-Briques am Montmartre geflüchtet. Doch sie hatte es in lockerem Ton erwähnt, wie eine Nebensache, die ihr gerade eingefallen war und nichts bedeutete.

Ich glaubte schließlich an eine Verbindung zwischen diesem mystischen Lesestoff und den endlosen Tanzübungen, bei denen ich ihr im Studio Wacker zuschaute, all diese schmerzhaften Bewegungen, damit der Körper sich allmählich befreien kann von seinen Schlacken und zuletzt jene Region der Glückseligkeit und Ekstase erreicht, wie sie beschrieben wird in den von Doktor Péraud ausgeliehenen Büchern. Ich hätte gern die Meinung dieser Frau Doktor Péraud über die Tänzerin erfahren. Doch plötzlich hörte ich das Geräusch des Schlüssels im Schloss und ihren Schritt auf dem Flur, und das genügte, um all meine ernsten Gedanken zu zerstreuen.

Jemand weckte mich durch lautes Klopfen an meiner Zimmertür.

»Ich bin's, Verzini.«

Ich ging aufmachen.

»Verzeihung, dass ich so hereingeschneit komme. Ich möchte mit Ihnen reden.«

Er stand mitten im Zimmer, verlegen. Ich zeigte auf den Stuhl hinter dem kleinen Tisch, wo die Blätter des Fahnenabzugs von *The Glass Is Falling* herumlagen. Er setzte sich.

»Arbeiten Sie hier an diesem Tisch?«

»Ja.«

Ich hatte auf der Bettkante Platz genommen. Ich fühlte mich ebenfalls verlegen.

»Sie hat mir gesagt, diesem Zimmer fehle es an Komfort.«

»Nein, nein. Mir passt alles bestens.«

»Ich glaube, sie hat recht. Es ist meine Schuld. Als Sie zu mir kamen, hatte ich gerade nichts anderes.«

Er saß gekrümmt auf dem Stuhl. Immer noch im Mantel. Ich hatte die Nachttischlampe angeknipst, denn das Licht war kalt und grau. Ein richtiger Wintermorgen, wie es sie damals noch gab.

»Ich habe ihr gesagt, dass ich etwas Besseres für Sie finde. So schnell wie möglich.«

»Ist nicht nötig.«

Er drehte sich zu mir. Wir saßen einander gegenüber. Er stützte sich mit dem Ellbogen auf den kleinen Tisch, das Kinn in der Handfläche.

»Sie mag Sie offenbar sehr.«

Er betrachtete mich schweigend, mit versonnenem Lächeln.

»Und ich kenne sie schon so lange, dass ich ihr nichts abschlagen kann.«

Ich war überrascht, dass dieser Mann mit der massigen Gestalt in seinem Mantel diese Worte ausgesprochen hatte: »Sie mag Sie offenbar sehr.« Ich hätte mir nie vorstellen können, dass eine solche Erklärung von ihm käme, denn er wirkte immer so schroff. Und sie? Ich wusste nicht, was sie wirklich von mir dachte, und ich hatte schnell gemerkt, Vertraulichkeiten waren nicht ihre Stärke. Doch Schwätzern hatte ich immer misstraut. Und ich mochte ihr Schweigen.

»Ich bin oft in der Wohnung an der Porte de Champerret«, sagte ich. »So kann ich mich um Pierre kümmern.«

Und dann musste ich ihn einfach fragen:

»Sie kennen sie schon lange?«

Schließlich hatte er diesen Satz selbst ausgesprochen, und ich beging keine Indiskretion.

»Ja, sehr lange. Sie ist die Tochter eines Freundes von mir. Und der Vater des kleinen Pierre war auch ein Freund von mir. Allerdings jünger als ich ... Er musste Frankreich vor acht Jahren verlassen.«

Er blickte mir gerade in die Augen, als bereite er sich darauf vor, ein Geständnis zu machen, zögere aber noch.

»Wie soll ich sagen, wir gehörten in eine etwas besondere Welt.«

Er musste nicht deutlicher werden. Ich hatte verstanden. Mein eigener Vater und seine Freunde ... Trotz einer gewissen äußeren Eleganz, Freundlichkeit und sogar Sanftheit, die sie im Alltagsleben oft zeigten, hätte es mich nicht gewundert, wären mir in einem Büro der Kriminalpolizei ihre anthropometrischen Fotos gezeigt worden, von vorn und im Profil. Und noch andere Fotos, auf denen sie dasaßen, mit angelegten Handschellen.

»Sie hat sich durchgewurstelt, so gut sie konnte«, fügte Verzini hinzu. »Mit Hilfe des Balletts. Sie hat sich eine Disziplin gegeben. Und ich wollte ihr immer helfen, soweit es meine Mittel erlaubten.«

Er hatte sich wieder zu dem kleinen Tisch gedreht. Er nahm eins nach dem andern die Blätter des Fahnenabzugs von *The Glass Is Falling*, die kreuz und quer herumlagen, und versuchte sie einzusammeln.

»Das ist ein bisschen wie bei Ihnen. Ich vermute, Sie arbeiten an diesem Tisch, mit all diesen Blättern, weil Sie auch eine Disziplin brauchen.«

Ich wunderte mich über seine Hellsicht. Man hätte meinen können, er habe mich wirklich durchschaut.

Ich sagte: »Ich nehme mir ein Beispiel an der Tänzerin.«

Er hatte die Blätter endlich geordnet und legte den Stapel vorsichtig mitten auf den kleinen Tisch.

»Und Sie?«, fragte ich. »Wie war das bei Ihnen?«

Er blieb einen Augenblick stumm und erklärte schließlich:

»Tja, auch ich musste irgendwann ein bisschen Ordnung bringen in mein Leben.«

Ich war erstaunt, dass er die Worte gebrauchte, die Kniaseff immer sagte, wenn er im Studio Wacker den Unterrichtsbeginn ankündigte.

Er stand auf. Er befühlte den Heizkörper.

»Stimmt, es ist nicht sehr warm hier. Sie hätten sich melden können.«

Bevor er das Zimmer verließ, drehte er sich zu mir:

»Bis demnächst. Und alles Gute.«

Ich hörte seinen Schritt leiser werden, den schweren Schritt eines Nachtwächters. Ich hatte den Eindruck, dass er kurz stehenblieb, vor jeder Tür, auf diesem langen, langen Flur.

ALS SIE AUS dem Haus trat, mit der Tüte von Repetto in der Hand, hatte sie gedacht, dieses Zimmer sei viel zu klein für ihn, vor allem, wenn er seine »literarischen Arbeiten« zu Ende bringen wollte. Verzini hätte wirklich etwas Besseres finden können.

Auf gut Glück ging sie bis zur Rue Godot-de-Mauroy. Doch es war schon früher Nachmittag und die Bar geschlossen.

Nun fühlte sie sich ein wenig hilflos in diesem Viertel, in das sie schon lange nicht mehr gekommen war. Am liebsten wäre sie umgekehrt und wieder zu ihm gelaufen, in sein Zimmer. Doch sie fürchtete, er könnte weggegangen sein, und dann würde sie dieses Gefühl von Leere empfinden, das sie manchmal überfiel, wenn sie allein war auf den Straßen.

Sie ging in Richtung Grands Boulevards. Um sich Mut zu machen und gegen die Leere anzukämpfen, sprach sie leise, automatisch, ein Gebet, das Doktor Péraud ihr beigebracht hatte und das ihr wieder eingefallen war, wie eine Kindheitserinnerung ... »Heilige Maria, Mutter Gottes, die du die Knoten löst, unter denen die Kinder ersticken, reich mir deine barmherzigen Hände.« Sie sagte es sehr schnell, ohne die Wörter voneinander zu trennen, und daraus wurde ein Refrain, der sie besänftigte. Und plötzlich verstand sie den Grund für ihr Unbehagen: An einem frühen Nachmittag, vor nun schon acht

Jahren, war sie demselben Weg gefolgt, im selben Viertel zwischen Madeleine, Verzinis Bar und Saint-Lazare, und heute ging sie genau auf ihrer eigenen Spur. Sie erinnerte sich an Verzini, damals, allein in seiner leeren Bar, mit sorgenvollem Gesicht. Er hatte ihr gesagt, der Vater des kleinen Pierre warte auf sie, ganz in der Nähe, in der Kirche Saint-Louis d'Antin.

Sie kannte diese Kirche gut, denn seit ein paar Monaten wohnte sie mit dem Vater des kleinen Pierre nicht weit davon, Rue du Havre, in einem Bürohaus, an dessen Eingang man sich nicht vorstellen konnte, dass im obersten Stock noch eine Wohnung lag, eine Art Geheimwohnung. Die Kirche wirkte verloren mitten im Getümmel, das tagsüber um die großen Kaufhäuser, die Gare Saint-Lazare und das Lycée Condorcet herrschte. Ströme von Autos und Fußgängern.

Als sie die Kirche betrat, saß er in einer der letzten Stuhlreihen, links vom Mittelgang. An diesem frühen Nachmittag war die Kirche leer. Sie setzte sich neben ihn, und er sagte leise, er müsse Paris so schnell wie möglich verlassen und sie selbst dürfe nicht mehr zurückkehren in die Wohnung, Rue du Havre. Er gab ihr ein ledernes Köfferchen, ohne weitere Erklärung. Er würde ihr schreiben. Es sei klüger, wenn sie jetzt vor ihm aus der Kirche gehe. Sie hatte ihm nicht einmal gesagt, dass sie ein Kind erwartete.

Sie stand allein auf der Straße, aber diesmal mit einem Gefühl der Erleichterung, wie sie es noch niemals verspürt hatte. Sie war überzeugt, sie würde ihn nicht wiedersehen und an diesem Tag beginne für sie ein neues Leben. Als sie eine Weile später in einem Gespräch die Worte »Jugendsünde« und »schlechte Gesellschaft« aufschnappte, dachte sie, auch sie habe eine »Jugendsünde« begangen, nachdem sie in »schlechte Gesellschaft« geraten war. Aber sie hatte diesen Mann und ihr letztes Zusammentreffen in der Kirche Saint-Louis d'Antin schon beinah vergessen. Was ist eigentlich, fragte sie sich, eine Jugendsünde? Meistens fast gar nichts. In diesem Alter vernarbt alles sehr schnell, und bald ist da nicht einmal mehr die Spur einer Narbe. Keine Belastungszeugen mehr. Keine Spur von nichts mehr. Und wieder nur Unschuld.

Sie marschierte mit dem Köfferchen in der Hand, und es war, als würde sie verreisen. Sie musste aber nicht einmal verreisen. In einer Stunde würde sie im Studio Wacker sein und mit ihren Übungen beginnen, unter Anleitung von Boris Kniaseff, und das war besser als alle Reisen der Welt.

Doch was enthielt dieses Köfferchen? Es war nicht besonders schwer. Während sie die Rue d'Amsterdam hochging, suchte sie vergebens nach einer Bank, einer Sackgasse, einem Square, wo sie es ungesehen öffnen konnte, das machte man nicht mitten auf der Straße. Sie betrat das Haus mit dem Studio Wacker und schlüpfte zwischen den alten Klavieren hindurch, bis ganz nach hinten im Erdgeschoss, dort war eine dustere Ecke. Sie legte das Köfferchen auf einen Hocker. Ein kleiner Schlüssel steckte im Schloss. Sie hob den Deckel. Ein paar Geldscheinbündel, zusammengehalten von breiten

Gummiringen. Sie schloss das Köfferchen und schob den Schlüssel in ihre Manteltasche.

Sie war nicht zu spät dran für Kniaseffs Stunde. Doch beim Betreten des Studios schämte sie sich, dieses Köfferchen mit sich herumzutragen, und suchte nach einem Platz, wo sie es verstecken konnte. Sie stellte es in eine Fenstervertiefung, ohne bei Kniaseff und den anderen Schülern Aufmerksamkeit zu erregen. Sowieso hätte sich keiner ausmalen können, was es enthielt, und dort, im hintersten Winkel, war es nur noch ein trivialer Gegenstand.

Gleich würde Kniaseffs Stunde beginnen. An jenem Nachmittag sagte er mit kräftiger Stimme, seinen russischen Akzent betonend, den rituellen Satz, einem Signal gleich, mit dem die Erholungspause zu Ende ging: »Und jetzt, meine Damen, meine Herren, lassen Sie uns Ordnung bringen in all das.«

Sie warf einen kurzen Blick auf das Köfferchen, das hinten im Studio am Boden stand. Ja, er hat recht, dachte sie. Ich muss wirklich von heute an Ordnung bringen in all das.

ICH ÜBERQUERTE DEN Boulevard Raspail an derselben Stelle, wo ich eine Woche zuvor Verzini zu sehen vermeint hatte, in jenem Paris, das ich nicht wiedererkannte. Viel weniger Menschen auf dem Boulevard, aber nach wie vor einige Bataillone von Touristen, seltsame Touristen, bei denen man nicht wusste, wo sie herkamen oder welche Sprachen sie redeten, wenn man ihnen zuhörte. Noch immer zogen sie ihre Rollkoffer hinter sich her und trugen die gleichen Schirmkappen, die gleichen Shorts und die gleichen T-Shirts. Und die gleichen Rucksäcke. Wohin marschierten sie? Zu einem Armeekorps, das an einem bestimmten Punkt von Paris stationiert war? Ich gestehe, es war mir gleichgültig, und ich hatte es eilig, in das verlassene Café zu kommen, in dem ich mit Verzini gesessen hatte, dieses Café, das noch abgeschottet schien vor den Härten der gegenwärtigen Zeit.

Ich hatte am Tag nach unserer Begegnung die beiden Nummern gewählt, die Verzini mir gegeben hatte, die seines Handys und die von seinem »Festnetz«, wie er sagte, doch sowohl die eine wie auch die andere Nummer blieb stumm. Sinnlos, es weiter zu versuchen. Ich wusste genau, er würde nicht abheben. Konnte ich ganz sicher sein, dass ich diesem Gespenst begegnet war? Oder handelte es sich um einen Traum, den ich in der Nacht vor dieser Begegnung hatte und tagsüber weiterträumte, um die Gegenwart zu vergessen?

Was war aus der Tänzerin geworden und aus Pierre und all jenen, deren Wege ich in derselben Zeit gekreuzt hatte? Diese Frage stellte ich mir oft, seit gut fünfzig Jahren, doch bisher war sie ohne Antwort geblieben. Und plötzlich, an diesem 8. Januar 2023, schien mir, das alles sei völlig unwichtig. Weder die Tänzerin noch Pierre gehörten in die Vergangenheit, nein, sie gehörten in eine ewige Gegenwart.

Ich dachte, die Erinnerung an sie käme zu mir, wie das Licht von einem seit tausend Jahren erloschenen Stern, nach den Worten eines Dichters. Nein. Es gab keine Vergangenheit, keinen erloschenen Stern und keine Lichtjahre, die uns für immer voneinander trennen, es gab nur diese ewige Gegenwart.

Ich habe genaue Bilder von einer Christnacht in Erinnerung, die Tänzerin hatte uns, Pierre und mich, in die Mitternachtsmesse der Kirche Saint-Ferdinand des Ternes mitgenommen. Sie sagte, das sei unsere Gemeinde. Wir treten aus der Kirche und machen uns auf den Heimweg. Die Tänzerin hält Pierre an der Hand. Zum ersten Mal sehe ich die zwei so, und ich denke an Pierres Ankunft in der Gare d'Austerlitz und an die Verlegenheit der beiden auf dem Bahnsteig, als sie einander gegenüberstehen. Dann beginnt sie plötzlich einen Pas de deux mit ihm zu tanzen, auf dem breiten Trottoir des Boulevard Pereire. Dann eine andere Ballettfigur, deren Namen ich nicht mehr weiß. Dann noch eine. Und Pierre betrachtet sie lachend. Ich dagegen imitiere Kniaseffs Stimme, die ich so oft gehört habe, im Studio Wacker. »Und jetzt, meine Damen, meine Herren, lassen Sie uns Ordnung bringen in all das.« Ich gebe der Tänzerin mehr Anweisungen mit Kniaseffs Stimme: »Casse le coude ... Brich den Ellbogen ... Grand Jeté ... Penché ... Déboulé ... Battement tendu ...«

Pierre lacht immer lauter. Und wir drei gehen weiter durch die Nacht, bis ans Ende der Zeiten.